魔法科高中的劣等生 28

The irregular at magic high school

追蹤篇〈上〉

佐島 勤

Tsutomu Sato

illustration／石田可奈

Kana Ishida

illustrator assistant／ジミー・ストーン、末永康子

呂剛虎
近戰殺人實力號稱在大亞聯盟首屈一指，大亞聯軍特殊作戰部隊的王牌魔法師，別名「食人虎」的凶暴男性。
「食人虎……呂剛虎！
今天一定要和你做個了斷！」
千葉修次
千葉艾莉卡的二哥，渡邊摩利的男友。具備千葉流劍術免許皆傳資格，別名「千葉的麒麟兒」、「幻影之劍」。

魔法科高中的劣等生 28

The irregular at magic high school

追蹤篇〈上〉

背負某項缺陷的劣等生哥哥。
一切完美無瑕的優等生妹妹。
這對兄妹就讀魔法科高中之後，

風波不斷的每一天就此揭開序幕——

佐島 勤
Tsutomu Sato

illustration
石田可奈
Kana Ishida

Kadokawa Fantastic Novels

一条剛毅

將輝的父親。
十師族一条家現任當家。

一条將輝

第三高中的三年級學生。
「十師族」一条家的
下任當家。

一条美登里

將輝的母親。
個性溫和，
廚藝高明。

吉祥寺真紅郎

第三高中的三年級學生。
以「始源喬治」的
別名眾所皆知。

一条 茜

一条家長女。將輝的妹妹。
國中二年級學生。
心儀真紅郎。

黑羽 貢

司波深夜、
四葉真夜的表弟。
亞夜子、文彌的父親。

一条瑠璃

一条家次女。將輝的妹妹。
我行我素，行事可靠。

黑羽亞夜子

達也與深雪的遠房表妹。
和弟弟文彌是雙胞胎。
第四高中的學生。

北山 潮

雫的父親。企業界的大人物。
商業假名是北方潮。

黑羽文彌

曾是四葉下任當家候選人。
達也與深雪的遠房表弟。
和姊姊亞夜子是雙胞胎。
第四高中的學生。

北山紅音

雫的母親。曾以振動系魔法
聞名的A級魔法師。

吉見

四葉的魔法師，黑羽家的親戚。
超能力者，可讀取人體所殘留的
想子情報體痕跡。極度的祕密主義。

北山 航

雫的弟弟。國中一年級。
非常仰慕姊姊。
目標是成為魔工技師。

鳴瀬晴海

雫的表哥。國立魔法大學附設第四高中的學生。

牛山

FLT的CAD開發第三課主任。
受到達也的信任。

千葉壽和

千葉艾莉卡的大哥。已故。
警察省國家公務員。

恩斯特・羅瑟

首屈一指的CAD製作公司
羅瑟魔工所
日本分公司社長。

千葉修次

千葉艾莉卡的二哥。摩利的男友。
具備千刃流劍術免許皆傳資格。
別名「千葉的麒麟兒」。

九島 烈

被譽為世界最強
魔法師之一的人物。
眾人尊稱為「宗師」。

稻垣

已故。生前是
警察省的巡查部長，
千葉壽和的部下。

九島真言

日本魔法界長老──
九島烈的兒子，
九島家現任當家。

小和村真紀

實力足以在著名電影獎
入圍最佳女主角的女星。
不只是美貌，演技也得到認同。

九島光宣

真言的兒子。雖是國立魔法大
學附設第二高中的二年級學生，
但因為經常生病幾乎沒上學。
和藤林響子是異父同母的姊弟。

九鬼 鎮

服從九島家的師補十八家之一。
尊稱九島烈為「老師」。

琵庫希

魔法科高中擁有的
家事輔助機器人。
正式名稱是3H
（Humanoid Home Helper：
人型家事輔助機械）P94型。

陳祥山

大亞聯軍
特殊作戰部隊隊長。
心狠手辣。

呂剛虎

大亞聯軍特殊作戰部隊的
王牌魔法師。
別名「食人虎」。

周公瑾

安排大亞聯盟的呂與陳
來到橫濱的俊美青年。
在中華街活動的神祕人物。

鈴

森崎拯救的少女。
全名是「孫美鈴」。
香港國際犯罪組織
「無頭龍」的新領袖。

布萊德利・張

逃離大亞聯盟的軍人。
階級是中尉。

丹尼爾・劉

和張一樣是大亞聯盟的逃兵。
也是沖繩祕密破壞行動的主謀。

檜垣喬瑟夫

昔日大亞聯盟親侵略沖繩時，
和達也並肩作戰的魔法師軍人。
別名「遺族血統」的
前沖繩駐留美軍遺孤的子孫。

風間玄信

陸軍101旅
獨立魔裝大隊隊長。
階級為中校。

真田繁留

陸軍101旅
獨立魔裝大隊幹部。
階級為少校。

藤林響子

擔任風間副官的
女性軍官。階級為中尉。

佐伯廣海

國防陸軍101旅旅長。階級為少將。
獨立魔裝大隊隊長風間玄信的長官。
外貌使她別名「銀狐」。

柳 連

陸軍101旅
獨立魔裝大隊幹部。
階級為少校。

山中幸典

陸軍101旅獨立魔裝大隊幹部。
少校軍醫，一級治癒魔法師。

酒井

國防陸軍總司令部軍官，階級為上校。
被視為反大亞聯盟的強硬派。

新發田勝成

曾是四葉家下任當家
候選人之一。防衛省職員。
第五高中校友。
擅長聚合系魔法。

四葉真夜

達也與深雪的姨母。
深夜的雙胞胎妹妹。
四葉家現任當家。

堤 琴鳴

新發田勝成的守護者。
調整體「樂師系列」第二代。
適合使用關於聲音的魔法。

葉山

服侍真夜的
高齡管家。

堤 奏太

新發田勝成的守護者。
調整體「樂師系列」
第二代。琴鳴的弟弟，
和她一樣適合使用
關於聲音的魔法。

司波深夜

達也與深雪的母親。已故。
唯一擅長精神構造干涉魔法的
魔法師。

花菱兵庫

服侍四葉家的
青年管家。
順位第二名之
花菱管家的兒子。

櫻井穗波

深夜的「守護者」。已故。
接受基因操作，強化魔法天分
而成的調整體魔法師
「櫻」系列第一代。

司波小百合

達也與深雪的繼母。
厭惡兩人。

津久葉夕歌

曾是四葉家
下任當家候選人之一。
曾任第一高中學生會副會長。
擅長精神干涉系魔法。

安潔莉娜・庫都・希爾茲

USNA魔法師部隊「STARS」的總隊長。階級是少校。暱稱是莉娜。
也是戰略級魔法師「十三使徒」之一。

瓦吉妮雅・巴藍斯

USNA統合參謀總部情報部內部監察局第一副局長。
階級是上校。來到日本支援莉娜。

希兒薇雅・瑪裘利・法斯特

USNA魔法師部隊「STARS」的行星級魔法師。階級是准尉。
暱稱是希兒薇，姓氏來自軍用代號「第一水星」。
在日本執行作戰時，擔任希利鄔斯少校的輔佐。

班哲明・卡諾普斯

USNA魔法師部隊「STARS」的第二把交椅。
階級是少校。希利鄔斯少校不在時的
代理總隊長。

米卡艾拉・弘格

USNA派到日本的間諜
（正職是國防總署的魔法研究人員）。
暱稱是米亞。

克蕾雅

獵人Q——沒能成為「STARS」的
魔法師部隊「STARDUST」的女兵。
Q意味著追蹤部隊的第17順位。

亞弗列德・佛瑪浩特

USNA魔法師部隊「STARS」的一等星魔法師。
階級是中尉。暱稱是弗列迪。
逃離STARS。

瑞琪兒

獵人R——沒能成為「STARS」的
魔法師部隊「STARDUST」的女兵。
R意味著追蹤部隊的第18順位。

查爾斯・沙立文

USNA魔法師部隊「STARS」的衛星級魔法師。
別名「第二魔星」。
逃離STARS。

神田

民權黨的年輕政治家。
對於國防軍採取批判態度的人權派。
也是反魔法主義者。

雷蒙德・S・克拉克

雫留學的USNA柏克萊某高中同學。
是名動不動就主動
和雫示好的白人少年。
真實身分是「七賢人」之一。

上野

以東京為地盤的
執政黨年輕政治家。
眾所皆知親近魔法師的議員。

近江圓磨

熟悉「反魂術」的魔法研究家，
別名「傀儡師」的古式魔法師。
據說可以使用禁忌的魔法
將屍體化為傀儡。

顧傑

「七賢人」之一。
別名紀德．黑顧，
大漢軍方術士部隊的倖存者。

喬．杜

協助黑顧逃走的神祕男性。能力出色，即使是
要躲避十師族魔法師們追捕的
困難工作也能俐落完成。

詹姆士．傑克森

從澳大利亞來到
日本沖繩的觀光客。
不過他的真實身分是——

卡拉．施米特

德意志聯邦的戰略級魔法師。
在柏林大學設立研究所的教授。

賈絲敏．傑克森

詹姆士的女兒。
雖然年僅十二歲，
卻是非常穩重，
應對進退相當成熟的少女。

伊果．安德烈維齊．貝佐布拉佐夫

新蘇維埃聯邦的戰略級魔法師。
科學協會魔法研究領域的
第一把交椅。

威廉．馬克羅德

英國的戰略級魔法師。
在國外數間知名大學
擁有教授資格的才子。

艾德華．克拉克

USNA國家科學局（NSA）所屬的技術學者。
「至高王座」的管理者。

劉麗蕾

繼承大亞聯盟戰略級魔法
「霹靂塔」的少女。
據說是劉雲德的孫女。

七草弘一

真由美的父親。
七草家當家。
也是超一流的魔法師。

二木舞衣

十師族「二木家」當家。
住在兵庫縣蘆屋。
表面職業是
數間化學工業、
食品工業公司的大股東。
負責監護阪神
與中國地區。

名倉三郎

受僱於七草家的強力魔法師。
已故。主要擔任真由美的貼身護衛。

三矢 元

十師族「三矢家」當家。住在神奈川縣厚木。
表面職業（不太確定是否能這麼形容）
是跨國的小型兵器掮客。
負責運用至今依然在運作的第三研。

五輪勇海

十師族「五輪家」當家。住在愛媛縣宇和島。
表面職業是海運公司的高層，
實質上的老闆。
負責監護四國地區。

六塚溫子

十師族「六塚家」當家。住在宮城縣仙台。
表面職業是地熱發電所挖掘公司的實質老闆。
負責監護東北地區。

八代雷藏

十師族「八代家」當家。住在福岡縣。
表面職業是大學講師以及數間通訊公司的大股東。
負責監護沖繩以外的
九州地區。

十文字和樹

十師族「十文字家」當家。住在東京都。
表面職業是做國防軍生意的
土木建設公司老闆。
和七草家一起負責監護
包含伊豆的關東地區。

東道青波

八雲稱他為「青波高僧閣下」。
如同僧侶般剃髮的老翁，
但真實身分不明。
依照八雲的說法是
四葉家的贊助者。

遠山（十山）司

輔佐十師族的
師補十八家「十山家」的魔法師。
存在目的不是保護國民，
而是保護國家機能。

部分插圖協助／魔法科高中製作委員會

Glossary
用語解說

魔法科高中
國立魔法大學附設高中的通稱，全國總共設立九所學校。
其中的第一至第三高中，每學年招收兩百名學生，
並且分為一科生與二科生。

花冠、雜草
第一高中用來形容一科生與二科生階級差異的隱語。
一科生制服的左胸口繡著以八枚花瓣組成的徽章，
不過二科生制服沒有。

一科生的徽章

CAD
簡化魔法發動程序的裝置，
內部儲存使用魔法所需的程式。
分成特化型與泛用型，外型也是各有不同。

司波達也的CAD

Four Leaves Technology〔FLT〕
國內一家CAD製造公司。
原本該公司製造的魔法工學零件比成品有名，
但在開發「銀式」之後，
搖身一變成為知名的CAD製造公司。

托拉斯・西爾弗
短短一年就讓特化型CAD的軟體技術進步十年，
而為人所稱頌的天才技師。

司波深雪的CAD

Eidos〔個別情報體〕
原為希臘哲學用語。在現代魔法學，個別情報體指的是
「伴隨事物現象而來的情報」，是「事象」曾經存在於
「世界」的記錄，也可以說是「事象」留在「世界」的足跡。
依照現代魔法學的定義，「魔法」就是修改個別情報體，
藉以改寫個別情報體所代表的「事象」的技術。

Idea〔情報體次元〕
原為希臘哲學用語。在現代魔法學，情報體次元指的是「用來記錄個別情報體的平台」。
魔法的原始形態，就是將魔法式輸入這個名為「情報體次元」的平台，
改寫平台裡「個別情報體」的技術。

啟動式
為魔法的設計圖，用來構築魔法的程式。
啟動式的資料檔案，是以壓縮形式儲存在CAD，魔法師輸入想子波展開程式之後，
啟動式會依照資料內容轉換為訊號，並且回傳給魔法師。

想子
位於靈異現象次元的非物質粒子，記錄認知與思考結果的情報元素。
成為現代魔法理論基礎的「個別情報體」，成為現代魔法骨幹的「啟動式」和
「魔法式」技術，都是由想子建構而成。

靈子
位於靈異現象次元的非物質粒子。雖然已經確認其存在，但是形態與功能尚未解析成功。
一般的魔法師，頂多只能「感覺到」活化狀態的靈子。

魔法師
「魔法技能師」的簡稱。能將魔法施展到實用等級的人，統稱為魔法技能師。

魔法式
用來暫時改變伴隨事物現象而來的情報之情報體。由魔法師持有的想子構築而成。

魔法劍

使用魔法的戰鬥方式，除了以魔法本身為武器作戰，還有以魔法強化、操作武器的技術。
以魔法配合槍、弓箭等射擊武器的術式為主流，不過在日本，劍技與魔法組合而成的「劍術」也很發達。
現代魔法與古式魔法兩種領域，都開發出堪稱「魔法劍」的專用魔法。

1.高頻刃

高速振動刀身，接觸物體時傳導超越分子結合力的振動，將固體局部液化之後斬斷的魔法。和防止刀身自我毀壞的術式配套使用。

2.壓斬

使劍尖朝揮砍方向的水平兩側產生排斥力，將劍刃接觸的物體像是左右推壓般割斷的魔法。排斥力場細得未滿一公釐，強度卻足以影響光波，因此從正面看劍尖是一條黑線。

3.童子斬

被視為源氏秘劍而相傳至今的古式魔法。遙控兩把刀再加上手上的刀，以三把刀包圍對手並同時砍下的魔法劍技。以同音的「童子斬」隱藏原本「同時斬」的意義。

4.斬鐵

千葉一門的祕劍。不是將刀視為鋼塊或鐵塊，而是定義為「刀」這種單一概念，依循魔法式所設定的刀路而動的移動系統魔法。被定義為單一概念的「刀」如同單分子結晶之刃，不會折斷、彎曲或缺角，將會沿著刀路劈開所有物體。

5.迅雷斬鐵

以專用武裝演算裝置「雷丸」施展的「斬鐵」進化型。將刀與劍士定義為單一集合概念，因此從接觸敵人到出招的一連串動作，都能毫無誤差地高速執行。

6.山怒濤

以全長一八〇公分的大型專用武器「大蛇丸」所施展的千葉一門的祕劍。將己身與刀的慣性減低到極限並高速接近對手，在交鋒瞬間將至今消除的慣性疊加，提升刀身慣性後砍向對方。這股偽造的慣性質量和助跑距離成正比，最高可達十噸。

7.薄翼蜻蜓

將奈米碳管編織為厚度十億分之五公尺的極致薄膜，再以硬化魔法固定為全平面而化為刀刃的魔法。薄翼蜻蜓製成的刀身比任何刀劍或剃刀都要銳利，但術式不支援揮刀動作，因此術士必須具備足夠的刀劍造詣與臂力。

魔法技能師開發研究所

西元二〇三〇年代，日本政府因應第三次世界大戰當前而緊張化的國際情勢，接連設立開發魔法師的研究所。研究目的不是開發魔法，始終是開發魔法師，為了製造出最適合使用所需魔法的魔法師，基因改造也在研究範圍。

魔法技能師開發研究所設立了第一至第十共十所，至今依然有五所運作中。

各研究所的細節如下所述：

魔法技能師開發第一研究所

二〇三一年設立於金澤市，現在已關閉。

開發主題是進行對人戰鬥時直接干涉生物體的魔法。氣化魔法「爆裂」是衍生形態之一。不過，操作人體動作的魔法可能會引發傀儡攻擊（操作他人進行的自殺式恐怖攻擊），因此禁止研發。

魔法技能師開發第二研究所

二〇三一年設立於淡路島，運作中。

和第一研的主題成對，開發的魔法是干涉無機物的魔法。尤其是關於氧化還原反應的吸收系魔法。

魔法技能師開發第三研究所

二〇三二年設立於厚木市，運作中。

目的是開發出能獨力應付各種狀況的魔法師，致力於多重演算的研究。尤其竭力實驗測試可以同時發動、連續發動的魔法數量極限，開發可以同時發動複數魔法的魔法師。

魔法技能師開發第四研究所

詳情不明，推測位於前東京都與前山梨縣的界線附近，設立時間則估計是二〇三三年。現在宣稱已經關閉，而實際狀況也不明。只有前第四研不是由政府，是對國家具備強大影響力的贊助者設立。傳聞現在該研究所從國家獨立出來，接受贊助者的支援繼續運作，也傳聞該贊助者實際上從二〇二〇年代之前就經營著該研究所。

據說其研究目標是試圖利用精神干涉魔法，強化「魔法」這種特異能力的源泉，也就是魔法師潛意識領域的魔法演算領域。

魔法技能師開發第五研究所

二〇三五年設立於四國的宇和島市，運作中。

研究的是干涉物質形狀的魔法。主流研究是技術難度較低的流體控制，但也成功研究出干涉固體形狀的魔法。其成果就是和USNA共同開發的「巴哈姆特」。加上流體干涉魔法「深淵」，該研究所開發出兩個戰略級魔法，是國際聞名的魔法研究機構。

魔法技能師開發第六研究所

二〇三五年設立於仙台市，運作中。

研究如何以魔法控制熱量。和第八研同樣偏向是基礎研究機構，相對的缺乏軍事色彩。不過除了第四研，據說在魔法技能師開發研究所之中，第六研進行基因改造實驗的次數最多（第四研實際狀況不明）。

魔法技能師開發第七研究所

二〇三六年設立於東京，現在已關閉。

主要開發反集團戰鬥用的魔法，群體控制魔法為其成果。第六研的軍事色彩不強，促使第七研成為兼任戰時首都防衛工作的魔法師開發研究設施。

魔法技能師開發第八研究所

二〇三七年設立於北九州市，運作中。

研究如何以魔法操作重力、電磁力與各種強弱不同的交互作用力。基礎研究機構的色彩比第六研更濃厚，但是和國防軍關係密切，這一點和第六研不同。部分原因在於第八研的研究內容很容易連結到核武開發，在國防軍的保證之下，才免於被質疑暗中開發核武。

魔法技能師開發第九研究所

二〇三七年設立於奈良市，現在已關閉。

研究如何將現代魔法與古式魔法融合，試圖藉由讓現代魔法吸收古式魔法的相關知識，解決現代魔法不擅長的各種課題（例如模糊不明確的術式操作）。

魔法技能師開發第十研究所

二〇三九年設立於東京，現在已關閉。

和第七研同樣兼具防衛首都的目的，研究如何在空間產生虛擬結構物的領域魔法，作為遭遇高火力攻擊的防禦手段。各式各樣的反物理護壁魔法為其成果。

此外，第十研試圖使用不同於第四研的手段激發魔法能力。具體來說，他們致力開發的魔法師並非強化魔法演算領域本身，而是能讓魔法演算領域暫時超頻，因應需求使用強力的魔法。但是成功與否並未公開。

除了上述十間研究所，開發元素家系的研究所從二〇一〇年代運作到二〇二〇年代，但現今全部關閉。此外，國防軍在二〇〇二年設立直屬於陸軍總司令部的祕密研究機構，至今依然獨自進行研究。九島烈加入第九研之前，都在這個研究機構接受強化處置。

〔0〕

STARS第三隊隊長亞歷山大・艾克圖魯斯，受命潛入日本進行破壞任務。從USNA本國搭乘的運輸機剛降落，他就在機內遭受襲擊，意識至此中斷。

覺得作了一個漫長的夢。

也覺得是在一瞬間清醒。

艾克圖魯斯取回意識的時候，身處於完全的黑暗。

毫無亮光的漆黑。不是沉重纏身的黑暗。他感覺不到任何東西，甚至感覺不到黑暗的重量。

連自己眼睛是否張開都不知道。不只如此，甚至沒感覺到自己有眼睛。

他從自己的肉體，從外界的一切分離出來。

——我死了嗎？

在造成完整斷絕的絕對孤獨中，艾克圖魯斯這麼想。

——這就是「死亡」嗎？

——在死後等待的不是制裁，而是虛無嗎？

——罪人不是被地獄的業火燒灼，而是被虛無的黑暗吞噬嗎？

在緩步進逼的絕望之中，他忽然覺得不對勁。

——我為什麼是孤獨的？

——為什麼「得以」孤獨？

艾克圖魯斯發現自己聽不到同族的聲音。

成為寄生物之後持續侵蝕他的精神，侵蝕他的自我，從意識底層湧現的「細語」，如今聽不到了。艾克圖魯斯在內心編織出來的意念，是只有他一個人的意念。

（怎麼回事……？）

艾克圖魯斯成為寄生物並非自願；是遭到精神生命體的侵蝕而同化。

但在化為寄生物的過程中，精神生命體並非全面霸占。艾克圖魯斯並非單方面受到寄生物的控制。控制是雙向的。

精神生命體導致他再也不是人類。即使如此，他依然是亞歷山大·艾克圖魯斯。化為寄生物之後，他的感性與思考模式變質，不過意識的連續性得以維持。

艾克圖魯斯記得化為寄生物之前的事，同樣的，他也記得化為寄生物之後的事。可以詳細回想寄生物是什麼樣的生物。

寄生物沒有自我。不，並非完全沒有，但是不完整。缺乏用來和天地萬物區別，獨立於其他人事物的「自我」。

寄生物的性質是「一為全」。保有自身的意識，而且總是混入同族的意念。其他個體的想法不斷在意識底層低語。不同於心電感應，即使沒有告知對方的意思，對方也聽得到。

剛開始，可以區分自己與其他個體的意念。但是到後來，就無法分辨內心底層湧現的意念是否是自己的意念。即使是普通人，如果每天都被灌輸同一套意識形態，將會認定這是自己的價值觀。寄生物的狀況是內心相通，所以同化觀念的強制力，遠不是單純的聆聽比得上的。

而且，不同於人類變成的寄生物，精神生命體的寄生物原本就不會區分個體與全體。這是艾克圖魯斯實際的感覺。

還沒寄生人體的精神生命體，是不具實體的情報聚合物。情報不會排除異己。情報不像物質資源會隨著使用而減少消耗，反而會因為共享而強化存續力。

同時屬於精神生命體與情報生命體的寄生物，為了讓存在變得確實，會尋找擁有堅定意念的宿主。

而且為了讓自身永續存在，會積極對外共享。

這成為促進意念交換與意識融合的壓力。

但是現在，艾克圖魯斯察覺自己擺脫這股壓力。

（難道是……從寄生物回復為人類了？）

他懷著恐懼更勝喜悅的心情這麼想。

害怕自己成為另一個種族，再也不是原本的自己。

雖說本來是人類，但「現在」的艾克圖魯斯是寄生物。從人類化為寄生物，或是從寄生物回復為人類，都是「成為別種生物」的意思。生物具備自我保存的本能，是能讓自己一直維持自身性質的生存原理。遭遇自身物種沒有預設的變貌時，會出自本能產生抗拒。

但是艾克圖魯斯以意志力克制這份來自本能的抗拒，將精神資源用來分析現狀，想知道自己發生什麼事。

狀況的掌握進行得不太順心如意。其實他還有一半以上處於沉睡狀態。運作的思考能力大約是平常的五分之一。而且他和夢中的登場角色一樣，沒去質疑自己的能力大打折扣這點。

覺醒的時刻突然來臨。

西元二〇九七年七月八日十四時七分。

封閉艾克圖魯斯的黑暗劇烈地震動。雖然他不知道詳情，不過一条將輝的「海爆」掀起剩餘想子的大浪瞬間撲過來。

覆蓋他意識的濃霧散去。思緒一口氣變得明瞭。

（剛才的是想子波動？）

（大規模的想子波，撼動想子的外殼？）

（我被關在自己的想子情報體內部？）

肉體是靈魂的監獄。這句話出自柏拉圖。現在艾克圖魯斯的靈魂雖然被關在肉體的監獄，意義上卻和這位古希臘哲學家的說法不同。

以古式魔法烙印在肉體的封印咒句，將他的內心從外界隔離。艾克圖魯斯習得現代魔法，同時也繼承美洲大陸原住民的古式魔法，所以能理解是何種術式束縛著他。

也知道這個術式極為堅固，以他的古式魔法技術無法解除。

（不過，即使無法解除封印……）

封閉他的古式魔法，是利用精神與肉體的連結，由肉體這邊束縛精神。

（那麼，只要截斷精神與肉體的連結……）

艾克圖魯斯只在精神層面準備魔法。欠缺身體知覺使得他比想像的還不知如何是好，但他費盡心思建構魔法式。發動的魔法是——

（幽體脫離。）

不是操作ＣＡＤ，改為以內心的聲音唱出指令實行魔法，將精神體投射到肉體外部。

這並非他第一次使用這個魔法。雖然累積的經驗不到「得心應手」的程度，但控制的時候不會失敗。

以觸感來說，像是固定自己的鎖扣解開了。

艾克圖魯斯留下身體起身，以使用幽體脫離時特有的知覺，試著鑽出肉體。

有種被網子覆蓋般的阻力。這是至今未曾有的感覺。

想像自己朝網眼伸出手，硬是扯破網子。

視野突然開闊。

前方是運輸機頂部。如果他的記憶正確，這裡是貨艙。

不必轉身也看得見背後。

放在地面的「棺材」裡，躺著自己臉色慘白的肉體。

依照至今經驗的幽體脫離，「自己」和自己的肉體以細線連結。

但他找不到那條「線」。

也沒有和肉體相連的感覺。

難道是剛才扯破「網子」的時候一起扯斷了？

（我……死了嗎？）

傳授這個魔法的祖母告訴他，那條線連結肉體與靈魂。年輕時指導他的日本僧侶說過，一旦那條線斷掉，靈魂就無法回到肉體。

艾克圖魯斯只在一瞬間慌張。回想起不久前的境遇，他對死亡感到的恐懼情緒，還沒演變到恐慌就不了了之。

隔離一切的虛無黑暗。想到原本可能終其一生被囚禁在那裡，即使現在的自己是幽靈，能夠看見、聽到、感受這個世界的這個狀態也好得多，前者根本無法比。

說起來，在成為寄生物的那時候，他身為人類的生命就等於終結。事到如今還計較自己是否活著，想必是丟臉又滑稽吧。

更重要的是，如果現在的自己是亡靈，就必須趁著亞歷山大・艾克圖魯斯的意識還在，完成自己該做的事。他是這麼認為的。

艾克圖魯斯認定自己的身分是「USNA的軍人」。

即使從人類變成寄生物，只要以祖國美利堅軍人的身分盡到義務，自己就能保有「自我」。

與其說是思惟或主義，這個想法更像是信仰。

艾克圖魯斯想維持「亞歷山大・艾克圖魯斯」的身分，直到自己再也不是自己。

為此該怎麼做？

（……我只要徹底完成長官交付的任務就可以了。）

長官交付給他的任務是什麼？

（……破壞司波達也的恆星爐設施，打造出他無法拒絕參加狄俄涅計畫的狀況。這就是交付給我的任務。）

幽體狀態也能使用魔法。以系統層面來說，不可能使用「舞刃陣」這種和武器併用的魔法，但如果是干涉流體或電磁波的魔法，毫無問題就可以發動。至於精神干涉系的術式，以幽體狀態使用反而更加順手。

——艾克圖魯斯做出這個決定，是他在黑暗中清醒之後約一小時的事。

在這個時間點，他的同伴們已經襲擊巳燒島失敗，雷谷魯斯、貝格與迪尼布的肉體被達也分解消除，以精神體的狀態封印。

水波被光宣抓走了。

達也回應深雪的求救聲，從巳燒島起飛。

在二十一世紀初，新列入伊豆群島的巳燒島。從島上駕駛飛行車到東京的調布要二十分鐘。

達也沒浪費這段時間。

達也知道深雪內心受到強烈打擊，無法有條有理進行說明。用不著嘗試這麼做，何況這麼做的結果只會對她造成額外的負擔。這對達也來說是自明之理。

『您好，我是櫻崎。』

達也以無線電聯絡的對象是夕歌的守護者——櫻崎千穗。

達也馬虎打完招呼就要求她說明狀況。

『九島光宣帶領寄生人偶襲擊醫院。他讓寄生人偶自爆，解放寄生物的主體，襲擊在場的市民。十文字家忙於處理這個狀況時，九島光宣趁機突破防衛線入侵醫院。』

「夕歌表姊是出動對付寄生物吧？」

『是的。這是深雪大人的指示。』

千穗的語氣有點編藉口的味道。

這種辯解用在達也身上，可以說確實有效。只要說明是深雪的判斷，達也就無從抱怨。

「深雪一個人對付光宣？」

『是的。當時醫院內部發生的事情還沒查明，不過深雪大人毫髮無傷。和九島光宣一起入侵的四具寄生人偶，都在深雪大人的魔法之下停止運作。櫻井水波被九島光宣帶走。』

藉由千穗的說明，達也得以掌握本次事態表面上的進展；然而無法理解背地裡發生什麼事。

深雪應該是使用「悲嘆冥河」剝奪寄生人偶的戰力。

達也背負至今的封印，是以深雪的能力維持。達也擺脫封印獲得自由的同時，深雪也能隨時自由使用自己百分百的魔法力。

深雪的悲嘆冥河能對寄生物主體造成決定性的傷害，去年冬天在一高演習樹林和寄生物的決戰已經證實這一點。不同於寄生在人類身上的寄生物，沒有和宿主融合，單純讓寄生物附著在軀體上的寄生人偶，不可能抵抗得了深雪的魔法。

達也不懂的是深雪明明毫髮無傷，卻放任光宣抓走水波。

關於深雪讓光宣撿回一條命，達也覺得沒什麼好奇怪的。

悲嘆冥河是無法手下留情的魔法。只要直接命中，接下來面臨的就是「真正」的死。沒有其他的結果。

以光宣的魔法力，或許能以「扮裝行列」承受一次，但是沒有第二次。

悲嘆冥河的作用對象是名為「精神活動」的「情報」；該魔法會讓「精神活動」永續停止。名為「魔法」的精神活動也不例外。如果光宣是以扮裝行列承受悲嘆冥河的直擊，將無法再度使用扮裝行列。即使沒有直擊只是擦過，肯定也會暫時因為魔法力降低而苦惱。

深雪沒有殺害光宣的動機，也沒有從光宣身上剝奪魔法的理由，其實她甚至也不必敵視寄生物。寄生物對於人類社會來說是威脅，對於深雪來說卻只是隨時都能消滅的脆弱生物。

只要不把水波改造成寄生物，甚至願意成為光宣戀情的助力。深雪肯定是這麼想的。雖說光宣抓走水波，但只要水波能因而幸福，深雪應該會笑著目送吧。達也的妹妹就是這種女孩。

但是反過來說，深雪不可能將水波交給現在的光宣。為了治療而將水波改造為寄生物——除非光宣捨棄這個構想，否則深雪肯定會阻止。

深雪和光宣交戰，並沒有必勝的保證。只要悲嘆冥河命中，光宣肯定敗北。但要是光宣的魔法在這之前先捕捉到深雪，勝負就會逆轉。

當然，即使相離再遠，達也都不容許任何事物危害深雪。即將對深雪進行攻擊的瞬間，達也就會察覺。經由感官認知之後，將攻擊本身分解消除。如果是他無法分解的攻擊，就消除進行該攻擊的敵人。

但是自從達也離開東京到現在的時間點，他的「視野」沒映出深雪遭受任何直接的攻擊。千穗說明「深雪毫髮無傷」也證實這一點。

深雪沒和光宣交戰，眼睜睜看著光宣帶走水波嗎……？

還是說，發生無法攻擊光宣的意外狀況？

達也無法想像當時究竟是何種局勢。

「可以掌握光宣現在的位置嗎？」

達也將得不出結論的臆測擱置，思緒切換為如何追捕光宣。這肯定是現在應該重視的問題。

『使用的車輛不明，但是看起來正沿著中央道路往西。十文字家的當家大人已經完成追跡的準備。』

如果不知道逃走車輛的外觀與車種，市區監視器或對流層平台的監視器就派不上用場；和交通管制系統的通訊當然已經截斷了吧。

「是以什麼根據判斷他沿著中央道路往西？」

達也的問題是基於這個疑問。

『是以寄生物專用雷達的觀測推定的。』

寄生物專用想子雷達的性能水準還稱不上完成。數量沒有齊全到能以複數地點觀測鎖定訊號源頭，所以難免只知道大致的方向。

不過說起來，以現階段的性能，甚至無法突破光宣的扮裝行列，捕捉到他的反應才對——如果光宣處於萬全的狀態。

「光宣在戰鬥中受創嗎？」

魔法技能降低。不知道是暫時性的，還是會成為後遺症一直殘留。也不知道是攻擊精神的系統外魔法造成傷害，還是防禦力抵抗不了攻擊，害得魔法演算領域過熱所造成的。

被深雪使用悲嘆冥河命中的可能性最高，但是不提原因，既然光宣的扮裝行列減弱，或許不只能奪回水波，也是活捉光宣的絕佳機會。

達也還沒能下定決心殺掉光宣。雖然並不是完全沒有移情作用，不過更重要的是他無法預測自己殺害光宣的時候——光宣肉體毀滅的時候會發生什麼事。

光宣即使和寄生物融合依然保持自我，還吸收了周公瑾的亡靈。比起去年冬天交戰的美軍逃兵，或是今天打倒的STARS魔法師，光宣明顯是異質的存在。雖說以「封玉」成功封住STARS一等星級魔法師，這招也不一定對成為精神體的光宣通用。結果說不定會將強大的精神生命體解放到這個世界。

達也不想冒這種風險。活捉之後使其無法使用魔法（例如以藥物令其永眠），是現階段處理光宣最確實的方法。達也是這麼想的。

但是活捉比直接殺掉還困難。即使是不問生死的戰鬥，對上萬全狀態的光宣，達也他也沒自信斷言自己一定會贏。不管自己是否願意，達也認為下次和光宣交戰的時候，非得做出不是你死就是我亡的覺悟。

然而既然光宣的魔法力降低，即使只是暫時性的，對於達也來說也是大好機會。不是採取「總之先奪回水波」的態度，必須做出「今天就做個了斷」的心理準備。

達也的詢問出自這樣的意圖。

『現在的九島光宣，偽裝與隱蔽的魔法技能似乎降低。不知道弱化狀態會持續多久。』

千穗做出這樣的回應。

達也差點忍不住說出「機會來了」這個冒失的感想。

◇　◇　◇

收到深雪求救訊息的達也，剛好在二十分鐘後抵達調布碧葉醫院（水波入住的醫院）前面。比他從調布到巳燒島花費的二十幾分鐘稍短。回程比他回應四葉本家緊急出動要求的去程還快，顯示達也內心的優先順位。

「哥哥！」

深雪像是撲過來般快步接近。周圍看不到克人以及十文字家魔法師們的身影，大概已經出發吧；不過以夕歌為首的津久葉家成員留在這裡。有外人在場，深雪使用「哥哥」這個稱呼原本不太好，但夕歌他們也從善意方向解釋，認為深雪現在應該也亂了步調。

「深雪，幸好妳沒受傷。」

達也說出口的這句話不是計算過的，是從自己內側自然湧現的話語。沒預料到達也會這麼說的深雪睜大雙眼，不過達也比她還要吃驚。

自己擔心深雪是天經地義，這個行為本身沒什麼好奇怪的。只是這句話率直到不像是自己所說，達也對此感到意外。

「謝謝……您。」

在這個場合，深雪的這句回應或許並不適當。但是這句感謝的話語，也是她內心自然編織而成。

深雪靦腆一笑，低頭到一半，突然回神抬起頭。

「達也大人！」

剛才的簡短對話大概發揮了平息恐慌的作用。從「哥哥」改稱「達也大人」，是深雪取回餘力在意他人目光的證據。

「我的事不重要，水波她……！」

深雪以幾乎要抱過來的姿勢這麼說，達也像是要從外側包覆，雙手輕輕搭在她的肩頭。

微弱的顫抖傳到達也的手心。

「細節我晚點問，現在要先奪回水波。」

「……奪得回來嗎？」

「我無法保證。」

這時候要出言安慰很簡單。

但是達也不想在深雪面前做出這種不誠實的舉動。

「光宣很難對付。而且他的扮裝行列比莉娜高明。即使魔法技能降低，也無法斷言能夠確實找到他。」

達也暫時停頓，像是要注視深雪雙眼般，稍微拉近距離。

「不過，時間經過愈久就愈難奪回。最好的方法是立刻去救她。」

從深雪身體傳到達也手心的顫抖停止了。

「救她……說得也是。光宣想做的事情是錯的。無論水波自己怎麼想……」

深雪這段話在達也內心喚起疑惑。聽起來像是水波主動跟著光宣離開。

但他將這份疑惑克制到僅止於意識之中，沒有反映在表情上。

這不是現在該提出的問題。

「就是這麼回事。我立刻出發。」

「達也大人！也請帶我一起去！」

達也亦猜得到深雪會這麼說。

深雪認為水波被抓是她的責任。要是當時毫不猶豫向光宣使用「悲嘆冥河」，水波就不會做出那種「無心之舉」，光宣也不會有機可乘──深雪如此認定而自責。

所以想要親手盡量補償自己的愚笨行徑。她滿腦子這麼想。

達也輕而易舉就能理解這種心理，所以他也不是沒想過帶深雪一起去。

「這我做不到。」

但他不能答應。

「我要以解放裝甲在空中追蹤。飛行車的機動能力不夠靈活。」

不是因為危險，是手段的問題。

「……知道了。」

深雪的飛行魔法也熟練到不輸達也。但若沒有飛行魔法專用的裝備，會成為達也的累贅。理解這一點的深雪沒有強求同行。

「達也大人，路上小心。水波就拜託您了。」

「我出發了。」

達也簡短回應深雪之後，朝著西方天空起飛。

◇　◇　◇

四葉家開發的飛行裝甲服「解放裝甲」和國防軍開發的「可動裝甲」相比，不具備動力輔助功能，資料連結功能也比較差，但是防禦性能提升到同級以上；匿蹤性能與最重要的飛行性能甚至更好。

資料連結方面也只是缺乏多人合作行動的功能，利用外部資料的部分沒有不足之處。甚至可以說比可動裝甲更適合用來追蹤。

達也的視野映著半透明的地圖。是關東西部武相地區的廣域地圖。調整為寄生物專用的想子雷達進行觀測，從觀測結果推定的光宣現在位置，以直徑約一公里的紅色圓形顯示在地圖上。

剛才在調布醫院前面，達也自認沒有浪費時間，不過直到出發還是用掉五分鐘以上的時間。比逃走的光宣晚了三十分鐘左右。

但雙方分別是陸路與空路。相對於光宣非得沿著道路行進，達也擁有可以直線飛行的優勢。而且道路上還有其他車輛，不能自由奔馳。

顯示光宣現在位置的半透明圓形，在高尾山前面朝西方移動。為了在五分鐘內追上，達也將飛行速度提高到時速四百公里。

◇◇◇

從醫院帶走水波的光宣，以九島家準備的自動車沿著中央道路西進。不是先前運送寄生人偶的車子，是另一輛廂型車。將後座與後車廂改造成露營車規格，稱為「廂型露營車」的自動車。

車上只有光宣與水波兩人。駕駛是酷似人類，沒成為寄生人偶的戰鬥女機人。水波坐在可以當床的長椅，光宣坐在副駕駛座。

沒人看著水波。其中一個原因是車輛行駛在高速道路所以無法下車，但即使不是如此，光宣也不打算監視水波。

光宣認為，如果水波逃離他身邊也在所難免。

不是逞強。帶走水波是光宣的任性。但他不想再強迫水波做任何事。

光宣想和水波好好談一談。想在沒有達也與深雪干擾的環境，確認水波的意願。這就是光宣的願望。

水波實際上想怎麼做？

單純只是不想死嗎？

還是說，她不想失去魔法？

她要選擇「身為人類」還是「身為魔法師」？

光宣早已決定，即使水波回答「拋棄魔法也沒關係」或是「想以人類身分度過平凡人生」，他也不會繼續說服或強逼。光宣向自己發誓，絕對不會以暗算的手段將水波改造為寄生物。

光宣只是想為水波做點事。

他不忍心默默袖手旁觀。這無疑是光宣的任性與強迫。

要是光宣稍微笨一點，或是生性眼光短淺，應該可以活得更輕鬆吧。

但是聰明的他自己知道，像這樣將水波帶離達也與深雪身邊的行為本身，就是蔑視水波意願的強制手段。

正因如此，所以不想進一步束縛水波——

其實他很想知道水波現在是什麼表情。

該不會在生氣吧？

該不會討厭我了吧？

該不會在瞧不起我吧？

光宣壓抑各種不安，刻意不坐在水波身邊，就是為了對自己展現「不束縛她」的決心。

只不過，光宣之所以坐在副駕駛座，之所以坐在遠離水波的位置，不只是因為這種少年常見的潔癖性格。

中了深雪的悲嘆冥河，光宣的魔法力水準大幅降低。他實際感覺這只是暫時性的，所以能力弱化沒對他造成打擊，但是現狀無法樂觀看待。

從開始逃走至今，他一直感覺有「機械眼睛」追著他跑。自己的想子波已經被對方識別，這個「情報」透過「情報次元」傳達給他。

魔法力降低使得扮裝行列的效果也跟著降級，在這種現狀無法完全隔絕機械的想子波偵測，頂多只能降低偵測的精確度。

精確度是半徑十公尺。光宣以最初逆流回來的情報，掌握到正在追蹤他的雷達性能。

現在，他將自己的反應訊號混淆在半徑五百公尺的範圍；而且不是讓自己位於圓心。偽裝的想子波訊源在路面的前後左右移動，使得偵測結果不穩定地晃動。

即使高速道路沒有速限，要是加速過於突兀將會變得顯眼。再怎麼心急都不能勉強開快車。為了躲避四葉家與十文字家的追跡，只能全力施展弱化的扮裝行列。但若水波就在身旁，光宣應該會在意她的心境而不能專心使用魔法。

而且偽裝行動從剛才變得愈來愈難進行。

一雙「眼睛」看著他。

光宣立刻知道，這是達也的「精靈之眼」。

但是只知道這一點沒什麼用。

現在的光宣無法完全擺脫達也的「視線」。
至少不能被掌握到正確的位置，為此光宣非得使盡全力。

不同於光宣的想法，水波也很慶幸現在和他保持距離。要是現在身邊感受到人類的溫度，她可能會依偎過去。水波如此認知自己的精神狀態。
她受到罪惡感的折磨。
我背叛了深雪——這也令水波覺得難以置信。
我為什麼背叛了主人深雪？
我為什麼背叛深雪袒護了光宣？
因為喜歡光宣更勝於深雪。意識中的另一個自己放話說出這個意見，但她無法同意。
不能說沒有「不願承認」的想法。但自己內心確實有著「不是這樣」的確信。
對於深雪的情感，對於光宣的情感。這兩種情感完全不同。
對於水波來說，深雪是主人。
剛開始僅止於此。
但現在她把深雪當成一家人，當成姊姊。不是因為任務，是因為重視，所以想要搏命守護。
在伊豆別墅面對戰略級魔法「水霧炸彈」的奇襲時，水波正是基於這個心態，才得以發揮超越自身極限的力量。水波沒有那麼明確意識到自己的行動原理，但這是她毋庸置疑的真實。

另一方面，對於光宣的想法是「還不清楚」。這是水波毫不虛假的心情。自己對於光宣是怎麼想的？水波一直在思考這個問題，目前還沒得出結論。

若是單純詢問喜歡或討厭，水波應該會回答「喜歡」。

但是如果詢問「多麼喜歡？」，水波會立刻語塞答不出來吧。

還只是這種程度的情感。

水波拚命想回憶背叛深雪當時的事情。

即使拚了命，站在光宣前方的那一瞬間，深雪大喊「住手！」的那一瞬間，自己在想什麼？

水波還是想不起來。

她只確信一件事，自己不是拿光宣和深雪相比之後選擇光宣。

她只堅信一件事，自己沒有捨棄對於深雪的忠誠心。

「不准懷疑」，「必須相信」。水波如此嚴格命令自己……

◇ ◇ ◇

為了完成破壞恆星爐設施的任務，艾克圖魯斯想要和同伴會合。

但即使成為幽體（保有肉體情報的精神體），也並非能自由飛往任何地方。

確實已經沒有物理上的限制。大海或高山不會成為阻礙，移動速度也可以重現他體驗過的最高速度。順帶一提，艾克圖魯斯坐過超音速戰機的後座。

然而以現在的幽體狀態，他無法利用自動設定去處的導航系統。如果不知道目的地，飛得再快也只會消耗精神力。

要移動的話有路標可循。

而且相隔再遠，他也知道同伴在哪裡——本應如此。

不過艾克圖魯斯再怎麼集中知覺，也找不到雷谷魯斯的氣息。

因為我不再是寄生物嗎？我果然回復為人類了嗎？

艾克圖魯斯歪過沒有實體的腦袋。

再試一次，這次以知覺系的古式魔法搜尋部下的生體波動。這個魔法是美洲原住民之間相傳的系統外魔法，反應的強弱程度無視於物理距離，端看情報層面的距離。

比方說如果只是認得臉的程度，即使對方位於隔壁房間，也只會得到模糊的觸感。相對的，如果是親朋好友，或是部族的死對頭，沒獵殺成功還反被對方弄傷的野獸等等，即使相隔數百公里，無論是不是人類，都會傳回強烈的手感。

但他還是偵測不到雷谷魯斯的位置。對方明明是在同一個部隊共同行動五年多的伙伴。

（難道……被打倒了嗎……？）

悲觀的推測震撼艾克圖魯斯。

但他沒有餘力一直悲嘆下去。

（這份觸感是？）

艾克圖魯斯張開的偵測網，捕捉到某個關係匪淺的存在。

（這是……當時的？）

襲擊剛抵達日本的運輸機，將他封鎖在肉體內部的仇敵。對方在北方天空往西方前進。

（那個……是敵人。）

以艾克圖魯斯的魔法查不出對方是誰。

艾克圖魯斯並不知道對方是他此行任務的最終目標「司波達也」，就這麼為了幫軍中同袍與自己報仇，追向劃空而過的人影。

◇　◇　◇

達也在高尾山前方減速。

確實接近中。從情報層面追蹤水波的達也，隔著阻斷他視野的濾鏡讀取水波的個別情報體，並且思考一件事。

如果沒有任何妨礙，即使水波位於地球另一側，達也肯定也能取得她的現在位置。同住一個屋簷下的達也與水波，情報層面的距離就是這麼近。即使光宣的魔法隱藏詳細座標，也能解讀出「相對距離」這個概略情報。

光宣誤以為達也的視線朝向他，但達也追蹤至今的是和他關係更深的水波情報。

達也關閉護目鏡顯示的資料，看向地面道路。

這是為了觀測想子波動本身。

光宣即使處於弱化狀態，也沒有將剩餘想子洩漏出去，讓達也遠遠感應到他使用偽裝魔法。

但是從寄生物專用雷達捕捉得到光宣的反應就知道，他沒有完全隱藏寄生物的波動。恐怕是深雪的悲嘆冥河擦傷他所導致的。

（──那個嗎？）

達也注意到明顯和人類不同的異質波動。

像是煙霧朦朧擴散的想子波。達也降低高度想鎖定源頭。

但在下一瞬間，他感應到某個魔法正要狙擊他的徵兆，停止下降。

反而提升高度。

他像是彈跳般上升之後，一道精確衝著他來的魔法雷電穿越他的下方。

達也在空中轉身面向魔法來源處。

魔法發動地點與魔法式輸出地點幾乎一致。是從手上發射近似荷電粒子彈的電擊。在現代魔法領域，除了使用武裝演算裝置，這種魔法形態不太受人喜愛。

對方大概是古式魔法師。達也如此預測，但是肉眼看見的敵人外型出乎他的意料。

敵人沒有實體。

複製肉體身形的精神體，朝達也顯露敵意。

（寄宿著意念的想子體——亡靈？不對，是幽體脫離？）

下一個魔法襲向達也。壓縮成形的銳利空氣槍旋轉射來。

沒成為魔法對象的空氣，和槍的接觸面噴出電漿火花。達也以術式解散破解這把試圖貫穿他的旋風標槍。

術式解散這個魔法是分析魔法式構造情報，解開組織化想子粒子的結合。在第一階段會取得魔法式記述的情報。

不只是魔法內容，同時也包括魔法使用者的情報。

幽體雖說是複製肉體的形狀，卻沒有連細部都重現。除非清楚意識到對方身分，否則只看得出輪廓。

不過達也解讀對方的魔法之後，得知敵人的真面目。

（STARS一等星級魔法師——亞歷山大・艾克圖魯斯。）

這份認知賦予幽體詳細的外型。

在空中和達也對峙的人型想子體，顯露出先前在座間基地運輸機內交戰的高大魔法師形體。

◇ ◇ ◇

光宣立刻捕捉到在上空展開的魔法戰氣息。

（一人是亞歷山大・艾克圖魯斯……交戰對象是達也嗎？）

他立刻知道正以魔法互擊的其中一方是誰。將艾克圖魯斯封印精神體喚醒的不是別人，正是光宣。

先前沒確認是否完全脫離封印，但是正在上空戰鬥的幽體，其想子波形和光宣解除封印時接觸的艾克圖魯斯一模一樣，所以光宣很快就辨識出來。

話說回來，脫離肉體的幽體核心，和寄生物一樣是以靈子組成的情報體，但是也疊加了想子情報體的外衣。

光宣之所以察覺到艾克圖魯斯，不是因為感應到靈子情報體本身，是認知到伴隨而來之想子情報體活動的結果。

光宣只能猜測另一人是達也的原因和前述相反。

他無法觀測達也的想子波動。

艾克圖魯斯戰鬥的對象確實在使用魔法，卻沒洩漏想子波。只將自己的想子投射到以魔法干涉的情報體，沒在情報次元與物理次元產生餘波。

不是使用高超的魔法，而是高超使用魔法實現這種隱密性。簡直是藝術般的技巧。

（……不，逆向思考就好。只有達也能這樣運用魔法。）

這或許是過譽。世上或許存在著技術比達也精湛的魔法名人。但是目前和光宣有交集的魔法師之中，擁有此等魔法運用技術的人，光宣只想得到達也。至少他不知道除了達也還會是誰。

——達也正要追過來。

這份認知為光宣帶來強烈的焦躁感。

光宣知道自己的魔法技能水準暫時下降。即使處於萬全狀態，他也沒自信能確實逼退達也。要是在能力下降的這個狀態被達也追上，達也十之八九會將水波帶回去。

會從他的懷裡沒收水波。

我不要這樣。光宣心想。

他還沒聽到水波的回應。

沒確認水波的想法。

唯獨在魔法相關的事情上，光宣不曾依賴他人。

曾經因為身體出狀況，將某些事情讓給別人。

將某些事情交給別人。

但唯獨在魔法相關的領域，光宣不曾將自己做不到的事情委託給別人。

對於光宣來說，這是他第一次的經驗。

（拜託……！三十分鐘就好，幫我想辦法擋住達也……！）

光宣朝著不顧一切發動攻擊的艾克圖魯斯幽體如此懇求。

水波察覺達也正在接近，不是和光宣一樣捕捉到魔法戰鬥的餘波，也不是感應到光宣也不清楚的達也想子波動。

——被看在眼裡。

水波以不是魔法知覺的某種直覺，感覺到這一點。這是水波每天在家裡以及第一高中校內所承受的，彷彿看透一切的達也視線。

和一開始不同，已經不會毫無理由對他的視線感到畏縮。

然而即使經過一年多，這份恐懼依然沒有完全消失。

雖說是恐懼，卻也不是害怕被罵。至今不只沒遭受過達也的打罵，連類似的徵兆都沒有。

就只是害怕被達也所看，被達也所知。

水波自覺距離完美還差得遠。工作如此，人格上也是如此。笨拙的自己，無才的自己，怠惰的自己，醜陋的自己。水波內心有許許多多的自己不想被他人所知，連水波自己也不去正視。

像這樣被達也看在眼裡，會覺得連這些「自己」都被揭發出來。

水波也知道這是自己想太多。不只是預先得知達也的能力無法深及他人內心，而且一起居住沒多久就知道，達也個性沒有惡劣到以逐一揭發別人的小祕密為樂。

只不過，達也能看穿別人暗藏祕密，這是確切的事實。即使無法窺視內心，也能閱覽至今犯下的罪過。如同地獄的判官，如同在最終審判擔任檢察官的天使。

雖然好像有二十四小時以內的限制，但這也安慰不了什麼。畢竟在一起居住的時候，不曾超過二十四小時沒見面。

而且現在的水波，犯下「背叛」的重罪至今還不到一小時。

水波從低著頭的姿勢繼續往下，抱著肩膀蜷縮身體。

她在害怕。

不是害怕被達也斷罪。

是害怕達也不制裁她的罪。

自己會被告知沒有問罪的價值。

自己會被當成不重要的人割捨。

水波感受著達也的視線，對這樣的結果感到恐懼。

◇◇◇

艾克圖魯斯的幽體朝達也施放魔法。

達也運用術式解體與術式解散破解他的魔法。

達也已經看穿現正交戰的精神體真面目。他認知對方是昔日在剛降落座間基地的運輸機裡交手的STARS成員——亞歷山大·艾克圖魯斯。

正因如此，所以達也無法否認打起來的感覺不一樣。艾克圖魯斯的幽體施展的魔法，比起擁有肉體的那時候還要多樣化，甚至以當時沒使用的系統外魔法進行精神攻擊。

不只如此，出招次數遠多於上次的戰鬥。

以無肉體的狀態使用魔法沒什麼好驚奇的。說到行使魔法的精神體，寄生物就是實例。

不過雖說成為只有精神的存在，魔法技能並不會提升。至少以往在日本進行的實驗，沒有得到「在幽體脫離的狀態會提升魔法威力與發動速度」這種結果。四葉家也進行過這項實驗，達也亦見證兩次，當時得出「魔法發動速度不變，威力反而下降」的結論。

經過隔熱壓縮化為高溫電漿的空氣刃「熱風刃」，達也使用術式解散迎擊，同時在內心發出不知道是第幾次的呢喃。

——上次為什麼沒使用這個能力？

肯定不是因為戰場在飛機上。當時艾克圖魯斯自己打穿運輸機的機壁，所以絕對不是害怕機身損毀，加上他目睹同僚被達也打倒，所以「友軍士兵在場」也不構成理由。

很難想像他上次是保留實力。

難道是他掙脫封印的時候，基於某種原因提昇能力嗎？

（幹比古的封印，應該是光宣打破的……）

達也無法使用封印寄生物的古式魔法，卻知道該魔法的性質。那不是能從內側打破的魔法。

（在解除封印的同時，使用了提昇魔法力的術式？）

達也不知道哪種魔法能提昇別人的魔法技能水準。然而無須強調，達也並非通曉所有魔法，他也有這個自覺。

（——之後再思考。）

艾克圖魯斯射出非壓縮空氣彈。該魔法會在沒壓縮的空氣砲彈命中的同時，強迫砲彈違抗氣壓呈球狀擴散。是以隔熱膨脹的冷卻與氣壓的驟減造成對方傷害的攻擊。

達也使用術式解散，分解該魔法式所設定空氣彈強制擴散的位置。

正如他的計畫，艾克圖魯斯的事象干涉力徒勞無功。

這種防守不只是破解魔法，更能消耗對方戰力，但終究是防禦而不是攻擊。如果只是擋住攻擊，沒辦法擊退艾克圖魯斯。

達也操作飛行魔法，迅速接近艾克圖魯斯的幽體。目標不是精神體本身，是維持肉體情報的人型想子情報體。

艾克圖魯斯大概早就猜到達也會拉近距離。

灼熱的護壁在像是預先埋伏的時間點，矗立在達也的面前。

空氣隔熱壓縮而成的高溫護壁。

達也使用術式解散，分解壓縮氣體的魔法式。

釋放的熱能與暴風，以飛行裝甲服「解放裝甲」隔絕。

達也接近到十公尺以內的距離，將想子洪流打向艾克圖魯斯。

術式解體。

如果對方是擁有肉體的人類，即使全身承受想子流，也只是身體知覺會暫時失常。

肉體是保護精神的堅固防護殼，想子情報體和肉體結合得以獲得穩定性。

即使術式解體捲走一部分的想子情報體，只要參照肉體情報就可以立刻修復缺損。

但是如果沒有名為肉體的居所，想子情報體肯定無法修復。

這是想子流壓力造成情報體破損的狀況。

面對達也的術式解體，艾克圖魯斯的幽體順利撐下來了。人型輪廓看起來稍微變細，僅止於此。「亞歷山大・艾克圖魯斯」的情報保住了。

艾克圖魯斯離開達也。

不是逃走，只是暫時拉開距離。

艾克圖魯斯連續射出肉眼難以辨識的雷擊針。

達也不是以術式解散，而是以空中機動力閃躲。

兩人的距離拉開到術式解體的射程外。

達也內側開始產生焦躁感。

載著水波的自動車現在也正往西方移動。

以光宣的個性，肯定早就準備魔法隱蔽性超高的祕密藏身處。不知道光宣的魔法力還會降低多久。說不定五分鐘後就無法偵測到水波的位置。

如果不擊退面前的敵人，就無法繼續追蹤。達也卻找不到致勝的頭緒。

達也戰鬥經驗豐富。即使不考慮年齡，也可以說是身經百戰。

和使用幽體脫離的魔法師戰鬥，他也經歷過好幾次。

但他第一次遭遇這麼耐打的幽體。幽體脫離一般歸類為索敵用的魔法，不是適合直接戰鬥的

魔法。

幽體原本固定在肉體，鑽出肉體自行活動可說是不自然的狀態。只是使用被動能力就算了，但要是主動行使魔法，正常來說將無法維持這種「不自然的狀態」。即使是相當熟練這種術式的魔法師，在正面交鋒的戰鬥也只能維持兩三分鐘吧。

然而艾克圖魯斯的幽體，即使開戰至今即將五分鐘，存在感依然完全沒有變薄的徵兆。現在也正使用魔法攻擊達也。

而且，以往沒有幽體承受得了達也的術式解體。術式解體即使直接命中，也不至於消滅精神體。不過以往交戰的幽體中了這一招，都會受創到無法維持脫離肉體的狀態。

敵人的系統外古式魔法想將達也拖入瘋狂的幻影，這也很棘手。

以精神為目標對象的魔法，身體再怎麼進行閃躲行動也躲不掉。達也不會使用靈體層面的偽裝魔法，唯一的對抗手段就是直接破解敵方魔法。

艾克圖魯斯每次使用精神干涉系魔法，達也就不得不發動術式解散。現狀已經找不到有效的攻擊手段，還得忙於防禦。

這樣下去會愈來愈不利。目前達也完全阻絕艾克圖魯斯的魔法，但是除非對方用盡精力先解除幽體脫離的魔法，否則達也被擊墜的未來也十分可能成真。

攻擊精神的魔法再度襲擊達也。「混沌幻影」。將試驗者服用迷幻藥所體驗的迷幻光景與聲音重現在對方意識的魔法。原本是針對精神障礙病患研發的醫療用魔法，是不會對肉體產生副作用的治療手段。在這個階段還不是「混沌幻影」這種嚇人的名稱，而是稱為「無序幻影」。

魔法本身沒有殺傷力，卻會造成致命的破綻，所以達也這次也使用術式解散分解。術式解散基於魔法系統的特性，無論如何都會慢對方一步。分析對方魔法式構造再分解的程序，要等到敵人攻擊才能開始。

若要打破僵局，必須由這邊主動出擊。艾克圖魯斯的幽體並非只以系統外魔法攻擊。以精神為目標對象的魔法不能被打中也躲不掉，只能防禦。不過如果是發射各種波、能量或空氣彈的魔法，並不是不能在閃躲之後轉為反擊。

（但是若要這麼做，現在的間距太長了。）

術式解體的缺點是射程距離短。

原則上，魔法不受到物理距離的束縛。空間上的差距看起來會妨礙魔法，但這只不過是術士內心覺得「太遠」導致魔法傳達不到。就像是魔法師自己限制了自己。

不過術式解體在這種距離法則是例外。這個魔法——應該說這種想子操作技術，真的受到物理距離的限制。極限值因為術士而各有不同，但是只要超過射程距離，想子流會瞬間衰減，失去破壞想子情報體的效果。

以達也的場合，現在的極限是三十公尺前後。以術式解體來說是破格的射程距離，但是比起其他魔法還是相形見拙。

只以現在來看，艾克圖魯斯和達也之間也維持五十公尺以上的距離。達也剛才接近到十公尺以內的間距使用術式解體，雖然看起來沒造成太大的傷害，但依然是足以讓艾克圖魯斯提高警覺的攻擊。

既然有效的攻擊手段只有術式解體，那麼即使多少會受點傷，無論如何也都得縮短彼此的距離。因為分解魔法對精神體不通用——

（——為什麼不通用？）

達也持續破解艾克圖魯斯的魔法，同時腦中忽然冒出這種疑問。

（無法使用「分解」，是因為沒能認知精神的構造。）

（精神是靈子情報體。我「看」不見以靈子塑形的構造。）

正如字面所示的自問自答。

這是達也熟到不能再熟的自身極限。但是在這個時候，他的意識沒接受自己的答案。

（我可以分解人體。）

（但我並沒有「直接」視認人體的構造。我沒辦法以顯微鏡的形式觀看並理解每個細胞、每個構成細胞的分子與其結合。）

（我也可以分解人體以外的物質。這麼做的時候，也沒有直接認知分子結合的細節。）

（將機械分解為元件的時候，也不是一邊透視零件的組合一邊拆解。）

（我只不過是「看」了記錄物質情報的想子情報體，理解構造之後再分解。）

這不是什麼該自卑的事。因為魔法就是這種東西。

將存在於世界的事象情報複製之後回存，使世界誤認，這種技術就是魔法。四葉家判定達也的「分解」不是魔法，但是基本原理不是魔法以外的任何東西。

（我沒看見物質的構造，卻可以「分解」。）

（那麼，明明只是沒直接「看」精神的構造，我為什麼能斷言分解魔法不通用？）

達也詢問自己。

（我現在看見的是什麼？）

達也認知為「艾克圖魯斯」的個體，是擁有本人肉體情報的想子構造體。

但是儲存在裡面的，不只是組成肉體的物質性情報。雖然還沒完全解明，不過想子對於生物來說的主要職責，就是將物質世界的肉體連接到位於另一次元的精神。

想子沒有物理上的相互作用，唯一的例外是想子波會讓組織化的腦細胞發出電磁訊號，腦細胞的電磁脈衝會誘發想子波。想子藉由這個性質，負責在精神與肉體之間傳遞訊息。

事象伴隨情報。事象的情報記錄在想子。這也可以套用在想子本身引發的現象。儲存肉體情報的想子情報體，也殘留以往用來和精神通訊的想子情報。

達也現在看見的艾克圖魯斯想子軀體，記錄著艾克圖魯斯的精神對這個次元產生作用所需的通路。

（說起來，精神體為什麼必須伴隨想子情報體？）

達也對自己提出新的問題。

用來攻擊艾克圖魯斯的手段——正確來說是為了使用術式解體而接近對方的行動被中斷，所以只能顧著迎擊與閃躲，但達也的直覺告訴他，現在不應該停止思考。他依照內心的這個聲音，建構某個可以當成解答的假設。

（不只是面前的亞歷山大．艾克圖魯斯這個敵人。寄生物的主體也總是披著想子外皮。）

（精神無法直接控制肉體，也無法直接認知肉體正在接收的情報。）

（精神——靈子情報體是藉由發出想子波傳達命令給肉體，藉由接收想子波取得肉體入手的情報。）

大概是判斷不必顧慮達也會反擊，艾克圖魯斯的攻擊更顯激烈。達也以機械化的行動破解敵方魔法，踏入考察的核心。

（即使沒有肉體也一樣嗎？精神無法直接干涉這個次元，無法直接取得這個次元的情報？）

（情報次元並不是獨立於這個世界的異世界，這個假說是現在魔法學界的主流。情報次元只不過是用來記錄事象情報的平台，和這個世界是一體兩面的關係。）

（精神體無法直接連結物質次元，也同樣無法直接連結情報次元？）

（是以想子建構的構造體為媒介，利用內部設置的通路，連結到物質次元與情報次元？）

這個想法如同天啟，達也靈光乍現。

（那麼只要分解該精神當成連接點的想子構造體，就可以將精神從這個次元切離？）

達也決定立刻嘗試。

首先將情報體認知能力——「精靈之眼」投向艾克圖魯斯的幽體。

在幽體內部，尋找精神用來連接情報次元的構造。

肉體本身的情報——不符條件。

肉體用來和精神通訊的想子情報體區塊情報——不符條件。

輸出魔法式的「閘門」情報——

（……不對，不是這個。）

位於意識領域最下層與潛意識領域最上層的「閘門」，是擁有肉體的魔法師精神從魔法演算領域投射魔法式到目標情報體的出口，但是脫離肉體的艾克圖魯斯，發動魔法時沒有使用到記錄在幽體的「閘門」。

看來「閘門」是將精神和肉體通訊時的通道改造而成。

（——！）

艾克圖魯斯朝達也射出精神干涉系的魔法。

達也全力運作中的「精靈之眼」，捕捉到該魔法的發射口。

因為分心觀察，所以魔法的破解慢了一剎那。

幻覺襲擊達也。空間認知——上下左右前後的知覺被剝奪。

墜落兩公尺時，達也分解身上貼附的幻覺魔法魔法式，取回空間知覺與飛行魔法的控制。

（剛才的是……？）

達也調節意識避免過於專心，同時以「眼」看向剛才捕捉到的想子構造。

以精神體輸出魔法式時的通道大概是一次性的，位於該處的只有痕跡。

現在沒有連接到任何地方。

但是達也在附近找到正在運作的另一條通道。

達也一邊破解艾克圖魯斯的攻擊，一邊以「眼」調查那條通道。幽體的「深處」經由那條通道，以極短的間隔（幾乎沒中斷）傳輸事象干涉力過來。

艾克圖魯斯持續攻擊。

如果多花點時間，感覺也找得到其他通道，但是沒這個餘力。必須盡快結束戰鬥去追水波。

達也以「眼」瞄準剛才發現的事象干涉力通道。

解析通道的構造。

隨時運作中的這條通道，和物質與物理現象的情報體或魔法式構造有著本質上的不同，達也多費了一些工夫掌握箇中玄機。

（——這就是用來維持幽體脫離術式的「通道」嗎？）

幾乎在他分析完畢的同一時間。

艾克圖魯斯的攻勢更加激烈。

其中感受得到像是焦急的成分。

或許艾克圖魯斯感覺到達也在「看」他，內心冒出危機意識。

就算這麼說，達也要做的事也沒變。

分解敵人的攻擊。

建構自己的攻擊。

相較於分解物理層面事象的情報體，分解想子情報體的方式略有不同，但本質上沒有差異。

將伴隨情報體的情報體分解。這個架構或許可以說比較接近魔法式的分解。

達也如此判斷，將術式解散的訣竅運用在魔法式的建構。

達也花費平常兩倍的時間（但所需時間也不到半秒），然後朝著艾克圖魯斯的幽體使出分解情報體的魔法。

不是分解整個幽體，而是將目標鎖定在為了維持幽體脫離而運作中的魔法通道。

傳來確實的手感。

就他所「見」，事象干涉力的通道損毀了。

幽體對應通道的部位洩出靈子波。達也無法將靈子當成粒子視認，也無法將靈子波當成訊號理解，卻能感應到靈子波的明暗程度。

（事象干涉力的真面目是靈子波嗎？）

事象干涉力是從魔法師的潛意識領域直接注入目標的情報體。連魔法師本人都只認知到自己「正在注入事象干涉力」。

但現在達也破壞外露的事象干涉力通道「看見」事象干涉力本身。這恐怕是魔法界的創舉。

「原來魔法不只用到想子，也用到靈子嗎……」

他不禁出聲低語。

事象干涉力像是空間傳送般直接移動，因此即使是達也的同學——美月這種能直接視認靈子的異能者，也不曾將事象干涉力認知為靈子波。

即使是將事象干涉力填滿整個空間的「領域干涉」這種魔法，也始終當成「魔法」看待，只觀測過干涉空間之後的狀態。

關於事象干涉力的真面目，過去並不是沒人探求過。拿事象干涉力當媒介的不是想子情報體而是靈子情報體。這個假說雖然是少數派，但確實存在於魔法研究者之間。

不過，這是第一次有人觀測到事象干涉力的真面目是靈子波。如果不是達也誤認，這將是魔法學的一大發現吧。

不過在這個時候，比起身為研究者的好奇心，必須先以戰士身分掌握狀況。

達也不是注意事象干涉力通道的損毀，而是注意整個幽體的狀況。

立刻出現變化。

至今不斷使用攻擊魔法的艾克圖魯斯幽體停止動作。

不只是在空間層面靜止不動，也觀測不到想子情報體的活動。

組成投影幽體的想子密度逐漸降低。

稀薄化的過程約十秒後停止。

緊接著，艾克圖魯斯的幽體彷彿被虛空吸入般消逝。

事象干涉力的供給通道被封鎖，幽體脫離的魔法再也無法維持，艾克圖魯斯的精神體被趕回肉體。

◇　◇　◇

——戰況本應對我有利才對。

艾克圖魯斯在「黑暗」中這麼想。

他遭遇了同伴與自己的仇人。

嘗試全力報仇雪恨。

敵人對付精神體的攻擊手段只有一種，而且射程距離以魔法來說短到不足為提。對方也擁有強力的魔法破解手段，不過只要保持距離持續攻擊，至少這邊不會輸。

本應如此。

突然間，他遭受劇痛襲擊。

艾克圖魯斯沒有拔牙的經驗，但如果沒麻醉就拔牙，應該會嘗受到這種痛苦吧——這股疼痛劇烈到令他這麼想。

感覺某種不是血，卻和血液一樣直接連結到生命的「某種東西」逐漸流失。

視野突然變暗。不只是視覺，幽體重現的代用五感突然淡化。

頓時，現實逐漸遠離。

接著回神的時候，艾克圖魯斯位於這片黑暗之中。

他立刻察覺這片黑暗充滿虛無。

艾克圖魯斯對這片完全隔絕外界的黑暗有印象。

——回到被封印的肉體內部了嗎？

艾克圖魯斯以為自己死了。認定精神與肉體的連結完全被切斷。

不過看來是誤解。好像有一條我所不知道的鎖鏈，將「自己」和自己的肉體連結起來——艾克圖魯斯在愈來愈稀薄的意識中這麼想。

思緒變得模糊。無法隨心所欲地思考。

我思故我在。

這句知名的哲學命題如果正確，那麼在停止思考，也就是思緒斷絕的瞬間，「我」會消失。

艾克圖魯斯失去意識，失去思考，他的自我沉入虛無的黑暗。

◇　◇　◇

——到此為止嗎？

達也陷入苦戰，依然擊退艾克圖魯斯的幽體。

不過連續施放術式解體與術式解散，他的精力嚴重耗損。

硬撐的話還能飛。

但是他無法在這時候硬撐，否則萬一有閃失將會自取滅亡。

——想救水波。

達也自己也這麼想，深雪則是比他更想救水波。

但是比起水波，達也更應該以深雪為優先。要是在這裡倒下，出狀況時將無法去救深雪。只有兩種狀況容許達也勉強自己。深雪希望他這麼做的時候，以及深雪遭遇威脅的時候。

為了繼續追蹤水波而擊退艾克圖魯斯，最後卻失去繼續追蹤的餘力。雖然是諷刺的結果，但這是現實所以只能接受。

達也在高尾山南麓，甲州街道旁邊沒人注意的空地著陸。剛才是在高尾山北側，中央道路旁邊的上空開戰，不過在戰鬥的過程移動到山的另一側。

達也叫出裝甲的情報機能，確認現在時刻。

（戰鬥時間約十五分鐘嗎……）

經過的時間超過達也的體感。達也認為自己剛才的處境就是這麼緊繃。

——果然別硬撐才對嗎？

無法否認有點不服輸的感覺，但是達也一邊檢查自己的狀況一邊這麼想。

並不是無法立刻重新起飛。但若再度在空中開戰，不能指望發揮十足的戰鬥力。他判斷最好在地面休息一陣子。

達也所穿的飛行戰鬥服「解放裝甲」，外型設計得很像市售的騎士服，以免正常在公路騎車時也引人起疑。穿著騎車用的騎士服卻徒步前進，這一點令人覺得有點突兀，但是沒嚴重到站在路邊也被投以奇特的目光。

考慮到重新追蹤之後的狀況，身體最好別過度冷卻。如此心想的達也脫下頭盔，以不擾亂呼吸的的從容步調朝西方踏出腳步。

◇ ◇ ◇

克人指揮的十文字家魔法師，正以嚴肅表情追著光宣的車。

直到剛才，他們都依照師族會議的決定，在水波入住的醫院周圍埋伏等待光宣。

十文字家肩負的職責，是和七草家聯手逮捕九島光宣。但是今天面對光宣的襲擊，七草家完全派不上用場，十文字家即使由當家克人帶頭指揮，依然就這麼被光宣搶得先機。

甚至沒能接觸光宣的七草家魔法師們，暫時回到宅邸向當家弘一請示。另一方面，中了光宣的計策，不只沒達成逮捕光宣的目的，連用為誘餌的水波都被搶走，犯下此等疏失的十文字家，由克人親自搭乘追蹤用的車輛追逐光宣。

追跡部隊的陣容是以軍用車輛改造的七人座ＳＵＶ兩輛各四人，合計八人。感覺只派這種陣容會讓面子有點掛不住，但隱情在於十文字家原本的職責是保衛首都，不能分配更多人員以免影響防衛。

但他們同時也是由克人指揮的八名十文字家菁英。克人自負不必投入更多人。

說起來，在調布之所以輸給光宣，某方面來說是因為光宣拿市民當人質，並不是在單純的戰鬥甘拜下風。只要離開市區，對方就無法故技重施。克人與他的部下都在出發追蹤光宣之前就點燃雪恥的怒火。

光宣抓走水波的十分鐘後，四葉家的寄生物專用雷達查出光宣的逃走路線，克人指揮的十文字家追跡部隊出發。

為了縮短十分鐘的差距，克人要求部下開得相當快。他們的車不是警車也不是緊急車輛。雖說現在高速道路沒有速限，但是路上並非只有他們的車子在跑，危險駕駛可能會遭到警察取締。他們追跡部隊以實質上的極限速度西進。

明明至今一直強行開快車，克人卻突然指示駕駛開下高速公路。他命令另一輛車繼續追跡，自己搭乘的ＳＵＶ則是從八王子交流道經過圈央道（首都圈中央聯絡自動車道）開往甲州街道。

沒有部下對此表示疑問。十文字家的魔法師們無須聽克人說明就知道原因。

高尾山南側上空感應到魔法激戰的跡象。按照舊行政區的劃分來說，這裡還在東京都內。十文字家魔法師身為首都防衛之要，實在不能視而不見。

十文字家的魔法師擁有卓越的主動干涉力，相較之下，被動的感應力輸人一截，也不太擅長捕捉魔法戰鬥餘波的想子波。十文字家當家克人自己也承認這一點。

他們現在感應到的戰鬥，也可能在更早之前就開始。說不定早就要一決勝負，只是他們接近到這裡才知道。

即使如此，也不能放任不管。

十文字家原本肩負的職責是保護首都不受到武力攻擊。不只是物質兵器的攻擊，魔法攻擊也列為必須去除的威脅。

九島光宣確實可能成為這個國家的威脅。師族會議的決定也不容輕視。

但這裡即使是邊緣依然屬於首都圈，既然實際捕捉到魔法戰鬥發生的跡象就不能坐視。克人站在十文字家當家的立場必須親自處理。

不過，從八王子交流道沿著圈央道南下的途中，戰鬥跡象消失了。看來戰鬥無須他們介入就分出勝負。重回圈央道繼續追跡也是選項之一，但反正還是得下高速道路一次。

最後捕捉到戰鬥餘波的位置是高尾山西南方上空。克人重新命令車子開往該處。

◇◇◇

自動車的聲音從後方接近，達也停下腳步轉身。

不是單純覺得經過這裡的車輛很稀奇，是因為他感覺到車上有熟人的氣息。

（十文字學長嗎？）

本應沿著中央道路往西追逐光宣車子的十文字克人，為什麼行經高尾山西南的甲州街道？達也抱持疑問。不過為了讓精力回復到足以戰鬥，達也希望多休息一下，所以克人來得正是時候。

達也停下腳步，整個身體往後轉。

不到兩分鐘，粗獷外型的ＳＵＶ接近過來，停在達也面前。

「司波？」

正如達也的猜測，打開副駕駛座車窗叫他的是克人。

「十文字學長，如果您正在追光宣，方便載我一程嗎？」

對於達也厚臉皮的要求，克人只回應「上來」兩個字。

達也坐在第二排左側的座位。克人的正後方。

克人在伊豆被達也燒掉左臂（手臂不是由別人，正是由達也復原的）至今還不到兩個月。但是克人背對達也，一副毫無警戒的模樣。不知道是大膽還是為人善良，或者是想法異於常人。

只不過，達也同樣完全沒去思考克人的感受，就這麼接受安排坐在這個位子。達也與克人在這方面或許是彼此彼此。

「司波，剛才在和誰戰鬥？」

在掉頭走原路的車上，克人首先問的是這個問題。

「化為寄生物的USNA軍人。」

以達也的立場也不必特別隱瞞。他據實回答。

但是這句回答難免感覺說明不足。

「鑽出宿主的寄生物主體飛到這種地方？」

不久前才被寄生物主體整得苦不堪言的克人會這麼誤解，想必也在所難免。

「不，我想應該不是寄生物的主體。我沒有詳細認知精神體的視力所以不能斷言，但應該是以『幽體脫離』鑽出肉體的幽體。」

達也大概也自覺說明不足，這次回答得比較長。

「幽體脫離？寄生物會這個？」

「甚至不確定對方是不是寄生物。」

「……但你不是說對方是化為寄生物的美軍嗎？」

「這部分沒錯。我是第二次和剛才的對手交戰，上次他確定是寄生物。」

至今看著前方詢問的克人轉過身來。他從頭枕側邊露出側臉，犀利的視線投向達也。

「──也就是說，寄生物可能回復為人類了？」

「只能以我現有的印象為根據，但是應該無法排除這個可能性。」

克人將視線移回正前方，雙手抱胸發出低沉的聲音。關於寄生物，目前所知的本來就少。或許能將寄生物回復為人類的可能性，使得被這種異次元生物寄生的人類多了一種處置方式可選。

「……你打倒那個美利堅軍人了？」

這個問題顯示克人當前將寄生物相關的考察放在一旁。

達也對這個判斷也沒有異議。

「我想他應該暫時失去戰力了。」

「這樣啊。」

克人聽完回應點點頭。

「如你所說，我們在追蹤九島光宣。另一輛車依照四葉家的情報，正往河口湖方向前進。」

他看著導航畫面補充說明。

「要是進市區就麻煩了……」

「比起在東京都心交戰，損害程度會比較少。只能以這種想法看開到某種程度。」

看來克人決定不惜殃及他人。大概是光宣在調布醫院前方拿市民當肉盾的做法，造就他這份覺悟吧。

克人眉頭一顫。但這不是對狀況的惡化起反應。

「好像下高速公路了。看這路線……應該不是要躲進市區。目的地是青木原樹海嗎？」

達也戴上手中的頭盔。

克人正在接收到的資料，同樣顯示在護目鏡上。

顯示光宣現在位置的圓形維持著高達直徑一公里左右的誤差，沿著河口湖畔遼闊城市的南側朝西方行進。如果是這條路線，確實可以認定青木原樹海有祕密藏身處吧。達也亦如此推理。

青木原被認定為不可能逃脫的魔境，已經是上個世紀的事。只要知道目標在那裡，搜索就不是什麼難事。

但是達也不知為何無法樂觀。

◇　◇　◇

載著光宣與水波的廂型車，行駛在鑽過樹林延伸的小徑。

雖然是沒鋪柏油的泥土路面，但是行駛時完全感覺不到起伏。

兩側是樹木高牆，上方是綠色天空。只有一輛車寬度的道路平緩蜿蜒，視野不到十公尺遠。

富士樹海居然有這種道路。即使是沉陷在自責念頭的水波，也忍不住驚愕到瞠目結舌。

說起來，水波不知道是從何時何處來到這條小徑。車子走河口湖與西湖南側的東西向道路，繞到富士山西側改走南下道路，想說就這麼行駛好一陣子，卻不知何時開進這條細長小路。

這條路窄到要是對向有來車將會讓雙方進退兩難，但是除了水波搭的車，別說車輛，連行人的影子都沒有。既然有一條保養得這麼平坦的道路，遊客應該會當成觀光步道利用。

納悶的水波前方，突然展開一幅意外的光景。

視野頓時開展。整地變得漂漂亮亮的遼闊腹地，蓋了一棟木造平房。

不花俏卻隱約洋溢異國風情的宅邸另一側沒有路。

也就是說，剛才行經的小徑，只為了出入這間屋子而存在。

腹地是在森林開拓的正圓形空間，所以沒有外牆與外門。

廂型車停在玄關前方。

水波不禁轉過身，然後第三次吃驚。

他們剛才行經的小徑消失了。

◇　◇　◇

「唔？」

克人發出疑惑的聲音。

達也不必問原因。因為他的心境也一樣。

映在護目鏡上，顯示光宣反應的圓形光點突然消失。

達也脫掉頭盔。

克人以無線電呼叫另一輛自動車。

「……這樣啊。知道了。在原地等我過去會合。」

克人結束通訊，朝達也轉身。

「九島光宣逃走用的車輛，到頭來好像無法視認。先走的追蹤車在富士風穴前方捕捉不到反應訊號。」

「大概是躲進樹海了，連方向都不知道嗎？」

「可惜沒辦法。」

達也沒有繼續出言責備十文字家。他沒忘記自己也同樣追丟光宣。

「可能性有兩種對吧？」

「嗯。九島光宣可能已經取回原本的魔法力，或是躲進施加強力隱蔽效果的祕密居所。說不定兩者皆是。」

對於克人提出的第三個可能性，達也沒提出異議。

「無論如何，只能試著在當地尋找痕跡了。」

他也完全同意這個判斷。

達也與克人在下午四點二十分左右，和先去追光宣的自動車會合。雖然夏至已過，但日照時間還是偏長。即使道路兩側的茂密樹林遮蔽光線，也沒有暗到必須照明。

「……司波，查得出什麼嗎？」

交相瞪向兩側樹牆的克人輕輕嘆口氣，轉身朝達也這麼問。

「我確認看看。」

和克人一樣注視著林立樹群的達也，橫越道路進入西側樹林。

克人的部下發出不成聲的驚叫聲。

達也不是鑽過樹林前進，而是筆直走向樹木高牆，他的身體直接穿過擋路的樹木枝幹。

達也張開雙手緩緩旋轉。

即使轉了半圈，達也的手臂也別說勾到樹枝，甚至沒碰到樹葉。

不只如此，矗立在他周圍的樹木消失了。

相對出現的是一條勉強能讓一輛車行進的小徑。

「幻術嗎？」

克人詢問走回來的達也。

「是的。是近在眼前也察覺不到的強力幻影魔法。附近沒有魔法師的氣息，看來是使用聖遺物等級的魔法物品。」

「魔法具嗎？」

「雖然不知道是什麼樣的物品，但推測是我們不知道的古式魔法祕技。」

「嗯……」

克人雙手抱胸思考。總之隱藏入口的魔法已經破解，但是不知道前方還設下何種法術。而且隱藏的道路不一定只有這條。無法斷言光宣是走這條路。

克人就這麼雙手抱胸看向達也。

「從空中找應該也找不到吧。」

達也承受克人的視線，微微露出悲苦的表情。

「說得也是……」

如果是能從上空揭穿的幻影，肯定也能以偵查衛星或對流層平台監視器揭露。國防軍不可能置之不理。青木原樹海是觀光地，同時也是國防陸軍定期舉行森林行軍演習的軍用地。

在不知道是誰設下幻術的森林進行演習，是平白讓士兵暴露在危險中的愚笨行為。不可能容許這種法術存在。

只不過，實際上這裡被設下幻術。即使不是因為疏忽而沒發現，國防軍也確實嚴重失態。然而反過來說，代表從上空監視無法發現此地設置的魔法陣。

「前進吧。雖然入虎穴不一定能得虎子，但是在這時候掉頭也不會改善現狀。」

「我贊成。」

克人或許不需要達也的支持。但是達也贊同克人的決定之後，十文字家的魔法師立刻各自回到車上。

不過說來可惜，克人所說「入虎穴不一定能得虎子」這句話，成為莫非定律「可能失敗的事情（必定）會失敗」的預言。

小徑在途中斷絕，來回再多次都沒發現任何線索。

達也與克人返抵調布已經是晚上八點多。達也的體力早就回復到即使在飛回去的途中遭遇敵人也沒有大礙，但是克人不希望刺激到當局，所以達也恭敬不如從命，搭乘克人的自動車回來。

深雪在醫院等待。自動車停在門廊的時候，深雪、津久葉夕歌以及夕歌的守護者櫻崎千穗，幾乎在同一時間走出玄關。

深雪以滿懷期待的眼神看向下車的達也。但她立刻低下頭。光是看見達也嚴肅的表情，她就察覺沒有順利搶回水波。

但她低頭的時間沒有太久。

「達也大人，您辛苦了。」

深雪表情僵硬，但還是掛著笑容慰勞達也。

「抱歉。失敗了。」

達也出言謝罪。甚至感覺冷淡的簡短話語，顯示他缺乏掩飾的餘力。

沒能回應深雪的期待，達也打從心底懊悔。

「不。」

深雪沒責備達也。

也完全沒露出失望的樣子。

「因為追根究柢，這是我的失態。」

深雪的聲音只蘊含自責的念頭。

達也與深雪目送克人與他的部下離開之後，以留在醫院停車場的飛行車回到自家大樓。和普通自動車一樣走地面道路的五分鐘左右，手握駕駛桿的達也和坐在副駕駛座的深雪幾乎沒交談。

「我立刻準備餐點，請稍候。」

抵達大樓之後，深雪也這麼說完立刻進入廚房。

達也覺得深雪在迴避他。

認為這也在所難免。

他和深雪說好會帶水波回來，卻沒有守約。

深雪也是人。不可能毫無責備達也的想法。

在違反自身意志，意識裡冒出責難達也的話語時，深雪想認定這是自己的錯，藉以克制這份心情吧。

達也輕易掌握深雪內心的變化。

——達也沒錯。

——要怪我放光宣逃走。

深雪肯定對自己這麼說。

這樣更把她逼入絕境。

但即使達也現在安慰深雪說「不是妳的錯」，也只會造成反效果。深雪不想責備達也，把錯攬在自己身上。

達也亦理解這一點。

只是他找不到該對深雪說的最重要話語。

達也向後躺在客廳沙發，細細品嚐這份無力感。

◇◇◇

光宣比達也早一步坐在晚餐餐桌旁。

料理是水波做的。光宣本來想以自動調理機解決，但在至今幾乎不說話的水波要求之下，光宣讓出廚房。

水波開始下廚的時間，是確認達也與克人離開的晚上七點多。

做好飯菜已經是八點多。以慣於下廚的水波來說花了不少時間。應該是因為平常不熟悉的調味料很多吧。包括食材與調味罐，中式料理專賣店會使用的東西在這間廚房一應俱全。

這也是當然的，這裡是周公瑾準備的祕密住所。周公瑾操縱國防軍內部的親大亞聯盟派系，在各個重點位置埋入珍藏的咒物，還欺騙十六名斡旋逃亡來日的大陸方術士使用以生命為代價的遁甲術，就這麼當成人柱打造出一種異界，以此確保這塊土地蓋了這間房子。此外，參與建築的工匠，周公瑾也在完工之後立刻封口，當成強化結界的「材料」使用。

說來本末倒置，打造結界的死靈怨念太強，周公瑾自己也只能在短時間內進出此處更換儲存的物資。正因為光宣將一切的元凶——周公瑾的亡靈壓制收服，所以死靈們也不會加害他。多虧這樣，光宣才得以使用這間用盡偽裝與隱蔽魔法精髓，以他一己之力實在建造不來的祕密住所。

餐桌擺著仿中式料理的菜色。但是沒有太油或極度重口味的菜。在日式、西式與中式之中，水波不太擅長做中式料理。

幸好光宣比起油膩更愛吃清淡的菜色。大概是因為成為寄生物之前經常病倒。只不過如果是水波親手做的料理，光宣肯定都會吃得津津有味吧。

水波坐在光宣的正對面。她沒有表現出拒絕和光宣一起用餐的強硬態度。

只是也不能說隔閡已經消除。

水波沒有主動進行對話。聽到問題會回答，卻也只比必要的最底限好一點。此外，即使像這樣面對面，但是除非光宣搭話，否則水波連視線都不會對過來，只有微微低著頭靜靜動筷。

光宣食量不小，但是進食速度在同年紀的少年中偏慢。大概是因為從小就經常在床上用餐而養成習慣吧。

另一方面，雖然水波絕對不是大胃王（說起來她是女性，所以大胃「王」這個形容本身就不適當），但她吃得很快。水波從小就被培育為侍女，沒有多花時間用餐的習慣。這一點在她和達也與深雪同居一年多至今也沒改變。

這兩個要素相互作用，使得光宣與水波幾乎同時吃完飯。

「感謝招待。」

「粗茶淡飯不成敬意。」

「別這麼說！非常好吃喔。」

「……謝謝。」

面對光宣幾乎要散發光芒的笑容，水波臉頰微微泛紅。

「請問，餐後要喝點什麼？」

聽到水波這麼問，光宣原本想婉拒，卻改變主意，認為這樣反而失禮。

「那麼，可以給我紅茶嗎？」

「知道了。」

水波起身將用完的餐具放到推車上。這台推車是非人型家事支援機器人——家庭自動化的終端設備之一。水波像是在自走推車的帶領下進入廚房。

光宣嘆了一大口氣，從口中吐出緊張，趁著水波沒看見重新注入幹勁。

水波端紅茶回來了。沒用推車，是親手拿著托盤。

雖然沒花太多時間，但這段空檔足以讓光宣下定決心。

「請用。」

「謝謝。水波小姐也坐吧。」

「好的。」

水波率直聽光宣的話坐下。

兩人之間洋溢著和敵意無緣的緊繃空氣。光宣在關鍵時刻再度被緊張囚禁，而且也傳染給水波。

光宣默默拿起茶杯喝茶再放回茶碟兩次，然後從正前方注視水波。

就這麼無言任憑時間流逝。

經過不短的沉默之後，光宣開口了。

「——水波小姐。」

光宣的聲音有點沙啞。

「是，請問有什麼事？」

水波的聲音有點顫抖。

但是光宣沒察覺。沒餘力察覺。

光宣倒抽一口氣。動作明顯到旁人一看就知道。

「水波小姐，希望妳對我說出真正的想法。」

「…………」

水波以看起來像是失去血色的嚴肅表情注視光宣。

「我……」

為了滋潤乾涸的喉嚨，光宣連忙大口喝茶。熱紅茶燙到喉嚨，光宣嚴重嗆到。

面對光宣此等醜態，水波沒笑。

「我希望水波小姐成為寄生物。這是為了讓妳的身體不失去魔法就能康復。」

「…………」

「但我不會將自己的想法強加在妳身上。妳可能覺得我硬是抓妳來這裡，事到如今還講這種話很奇怪，但我不想強迫妳。絕對不會。」

「……好的，我相信。」

水波的話語出乎意料，光宣睜大雙眼。

「……謝謝。」

光宣喝光剩下的少許紅茶。這次沒嗆到。

「水波小姐，妳想怎麼做？不惜成為寄生物，也不想捨棄魔法嗎？還是說，即使不再是魔法師，也要以人類身分走完這一生？」

水波低下頭。

水波的瀏海遮住表情，光宣連忙繼續對她說明。

「就算化為寄生物，自我也不會被占據喔。這一點我保證。我已經找到維持自我，只獲得寄生物能力的方法。」

「…………」

水波就這麼默默看著下方。

光宣愈來愈焦急。

「為求公正容我預先說明，達也說只要放棄魔法就沒有生命危險，這個說法應該沒錯。雖然不再是魔法師，卻能以人類身分活下去。」

光宣以期待與不安交加的表情，注視低頭的水波。

「……請給我一點時間。」

水波就這麼沒揚起視線，以細微到沒專心聽就會聽漏的聲音這麼回答。

「我……我想也是。」

光宣露出的狼狽模樣令人不忍卒睹。

「抱……抱歉！這麼重要的事情，沒辦法立刻決定對吧？」

光宣弄響椅子起身。

「很高興妳願意認真考慮！什麼時候回覆我都可以。」

光宣拿著自己用過的茶杯，像是衝進廚房般消失身影。

水波沒有制止的意思，維持低頭的姿勢僵住。

◇◇◇

聽深雪詳細說明醫院發生的事。不對，是讓她順著告白的衝動說個痛快。

把今天的來龍去脈整理成報告，傳送給本家的真夜。

以本家傳送過來的報告書，確認巳燒島防衛戰的細節與結果。

總之達也完成今天該完成的事，穿著代替睡衣的短袖T恤加短褲，走出臥室前往飯廳要喝飲料潤喉。

現在時間將近深夜。達也很晚才開始寫報告，所以這也在所難免。比起回報本家，陪伴深雪直到她心情平復的優先順位比較高。

只不過，深雪雖然多少回復平常心，也只是表面上的。即使不是達也，肯定也知道她是在強顏歡笑。

不知道是否該說幸好，因應新蘇聯侵略而停課的學校，還沒有通知恢復上課。

（明天就整天待在家裡陪深雪嗎……）

正在這麼想的達也，聽到一個低調開門的聲音。

現在住在這個家的，只有達也與深雪兩人。

「哥哥……」

不必聽這個聲音就知道，顯然是深雪走出房間。

「深雪，還沒睡嗎？」

達也注意別讓語氣聽起來像是責備，如此詢問。

「不好意思……總覺得睡不著。」

穿著連身睡衣加睡袍的深雪嘴裡這麼說，語氣卻有點含糊。明明身心俱疲，心情上卻拒絕入睡。深雪給達也這樣的印象。

「聊一聊吧。」

達也從餐桌前起身，走向站在飯廳入口的深雪。

「……好的。」

深雪被達也推著肩膀，乖乖移動到客廳。

達也命令HAR（Home Automation Robot）端花草茶過來。

坐在正對面沙發的深雪連忙要起身，達也揮手制止。

自走式推車端來兩人份的橘皮洋甘菊茶。

達也輕盈起身，單手逐一拿起茶碟上的茶杯，將其中一杯擺在深雪面前。

「謝謝。」

深雪惶恐致謝。達也說著「不客氣」掛著笑容搖頭。

看到達也拿起杯子，深雪也喝起溫暖的花草茶。之所以沒說感想，大概是因為HAR泡的花草茶讓她不甚滿意吧。

雖然不滿意，卻也不到板起臉的程度。

對她來說，味道就是如此微妙的樣子。

多虧內心自然冒出這種沒什麼大不了的感想，深雪內心得以稍微冷靜。

達也沒有蓄意營造，但氣氛變得剛好適合開始對話。

「妳睡不著，是因為在意水波的事啊？」

不是詢問，也不是為求謹慎的確認。達也以單純陳述事實的語氣說。

「是的。」

因為不是詢問，所以無法否定。深雪沒有虛張聲勢，率直點頭。她無法逞強——免於逞強。

「哪裡……做錯了嗎？」

然後，深雪終於說出強壓隱瞞的心情。

「我以為和水波處得很好。並不是只有我把她當成真正的一家人……我想這麼相信。」

「沒錯。絕對不是只有妳這麼深信。」

達也刻意不是以推定的形式，而是以斷定的形式附和。

深雪露出微笑。軟弱的微笑。

「我也自認理解她對光宣的心意。水波受到光宣的吸引。即使還沒成形到能自覺是戀愛，卻也不是單方向的好意。我沒有不分青紅皂白否認這一點。」

說到這裡，深雪停頓低下頭。

但她立刻抬起頭，以像是求助的眼神看向達也。

「我這麼做，錯了嗎？」

達也還沒回答，深雪就繼續問下去。

「我應該命令水波不准喜歡上光宣嗎？不惜讓自己成為踐踏他人心意的壞蛋，也要讓水波認定光宣是敵人嗎？」

「深雪，妳沒做錯。情感是從自己內心湧現的。長期灌輸價值觀的場合是例外，但基本上不會受到他人影響。抱歉在這種時候講得這麼俗氣，但世間有句話說『遭遇的障礙愈多，愛情愈是轟轟烈烈』。一旦成長為戀愛情感，我認為旁人的話語改變不了什麼。」

「遭遇的障礙愈多，愛情愈是轟轟烈烈……說得也是。」

深雪輕聲一笑。這次看起來不像剛才的微笑那麼令人痛心。

大概是回顧自己的經驗，強烈覺得認同吧。

深雪對達也的愛戀情感，曾經被「親兄妹」這個巨大的障礙擋在前方。即使如此，深雪還是無法完全捨棄自己的戀心。

如今因為對外謊報血緣關係，深雪獲得未婚妻的立場，再也不用隱藏心意，這對她來說完全是奇蹟。不過就算被說這是「禁忌的戀愛」而抨擊責難，被迫和其他男性結婚，深雪到頭來還是放不下對於達也的情感吧。肯定會永遠藏在心中。

「那麼，水波果然會喜歡上光宣，不是選擇我們，而是選擇他嗎……」

水波對光宣的情感，深雪認為還沒達到這個階段。不過大概為時已晚了。是不是應該更早狠下心來告誡呢？深雪伴隨著強烈的後悔這麼想。

「是我太天真嗎？」

「因為妳沒命令水波捨棄內心對光宣的好意？」

聽到達也反問，深雪搖了搖頭。

「我當時……應該對光宣使用『悲嘆冥河』嗎？」

這等於在問「是否該親手殺掉光宣」。

嚴格來說，中了深雪的「悲嘆冥河」並不會死。

「悲嘆冥河」是讓精神活動永續停止的魔法。

被這個魔法命中的人，精神再也不會重新活動，連夢都不會做。

就他人看來，和死亡沒有兩樣。

當事人在持續流逝的時間中被留下來，維持靜止。這應該也等同於死亡吧。

「如果我處於相同狀況，擁有埋葬寄生物的方法……」

深雪注視達也的眼神，朝達也接近。

深雪的姿勢沒變，也沒有從沙發探出上半身。

達也感覺像是只有眼神進逼過來。

「我應該會殺掉光宣。」

就算這麼說，達也說話也沒結巴。

「不過在這之前，我想我會先警告。不同於叫他逃走的妳，而是要求他投降。」

固定在達也身上的深雪視線瞬間游移。之前不是要抓住光宣，而是要放他逃走，深雪對此並不是完全沒感到內疚。

「但是到最後，應該會面對和妳相同的狀況。」

「……這樣啊。」

深雪輕輕放鬆視線的力道低下頭。

聽到達也亦會是相同的結果，大概稍微安慰到她吧。

「而且……」

但是達也還沒說完。

深雪迅速抬頭。她的雙眼隱含不安。

不知道達也接下來會說什麼，深雪感到害怕。但她也沒能逃走。

「如果我當時在場，應該會阻止妳吧——就像水波做的那樣。」

「像水波做的……那樣……？」

深雪睜大雙眼。

與其說不敢相信達也這番話，應該說她聽不懂達也在說什麼。

「深雪，我不想讓妳殺人。」

達也的溫柔聲音。

深雪就這麼睜大雙眼，慢慢以雙手摀嘴。

「水波當時是將光宣保護在身後。我的話應該會擋在妳前面阻止吧。我和水波對光宣的情感不同，但是位於基底的心願肯定相同。不想讓妳殺人。對熟知長相與姓名，一度親密來往的對象下殺手，是一件哀傷的事，我不想讓妳背負。」

素昧平生的敵人性命，和親朋好友的性命並非等價。達也言外之意是這麼說的。

從人道主義性質的正義觀點來看，這是匪夷所思的主張。

不過，深雪認為這是真的。

深雪感覺這是真的。

「以四葉家下任當家的立場來說，妳或許做錯了。不過啊，深雪……」

「是……」

達也注視深雪的雙眼。

深雪放下雙手，回應達也的呼喚。

「對我來說，這麼做並沒有錯。妳沒有做錯什麼事。我是這麼認為的。」

「——！」

深雪再度以雙手捂嘴。這次的動作快得多。

眼淚從雙眼奪眶而出。

達也起身，移動到深雪身旁。

深雪抱住達也。

達也不是以肩頭，而是以胸口承受她。

深雪將臉埋在達也胸膛，開始輕聲嗚咽。

〔3〕

七月九日，星期二清晨。

從沉眠上浮到清醒的途中，深雪感覺身體自由受限。

不是受到束縛。雖然沒有實際被捆綁的經驗，但總覺得不是這樣。

像是被關在狹小籠子裡的感覺。應該可以這樣形容吧。

不知為何，還沒清晰的意識沒產生危機感。

甚至覺得被囚禁反而很舒服……

深雪即將再度回到夢鄉的時候，這股拘束像是看透般忽然放鬆。

（啊，不行……別讓我自由……）

自己內心的聲音，使得深雪慌張不已。

這完全是受虐嗜好的變態會說的話吧！她心想。

這份焦慮使得意識急遽清醒。

深雪迅速坐起上半身。環抱她的手臂沒有妨礙她起身。

得知剛才抱著自己的是什麼東西之後，深雪連忙轉身。

「早安。」

達也躺在她身旁。

睡在同一張床。

深雪慌張背對達也。

後方傳來達也起身的聲音。

但是深雪的精神狀態無法回以早晨的問候。

她滿臉狼狽俯視自己的身體。

睡衣變得相當不整，但胸口緞帶沒鬆脫，前開式的釦子也沒解開。

（什麼嘛……）

深雪暗自呼出一口氣，察覺內心的失望大於安心，害羞臉紅。

「睡得好嗎？」

達也的聲音從後方高處傳來。看來他已經站在床的另一側。

「很……很好……早安。」

深雪調整呼吸站起來，轉身面向達也。讓達也看見依然紅通通的臉蛋令她不好意思，但一直沒道早安回應更令她不好意思。

只不過她行禮之後，相當抗拒將頭抬起來。

深雪就這麼以頭髮遮住臉，終於想起昨晚就寢前的事。

在客廳，深雪依偎在達也的胸膛哭泣，就這麼像是精疲力盡般睡著。

達也將深雪側身抱起來送到她的臥室，讓她躺在床上。

深雪此時半夢半醒，雙手抓住達也的手臂，央求說「請不要讓我孤單一人」。

結果就是達也陪她睡。

她在達也的臂彎度過一晚。

深雪有種臉蛋發出聲音爆炸的錯覺。

可以自覺整張臉到耳朵都發燙。

雖然不是絕對，但實在不敢抬頭。

「還很早，再睡一下也沒關係的。」

達也沒提及深雪的可疑舉止，說完就離開她的房間。

◇◇◇

深雪走出自己房間的時候，達也已經換穿訓練服，正要前往玄關。

她身上還是睡衣，但是加披一件罩衫，頭髮也梳理整齊。

「哥哥，要去訓練室嗎？」

這棟大樓是建造為四葉家的東京據點。內部具備可以用來鍛鍊戰鬥要員的正統訓練設施。

「嗯，我去流點汗。」

達也就這麼背對回答之後，忽然像是想到什麼般停下腳步轉身。

「要不要一起來？」

「一起……嗎？」

達也這句邀約令深雪睜大雙眼。

「升上三年級，活動筋骨的機會也變少吧？尤其今年沒九校戰的練習，應該缺乏運動吧？」

達也的表情乍看是正經八百，但是深雪沒上當。

虛構作品經常使用「只有眼睛沒在笑」這種形容句。不過在這裡相反。達也只有眼睛在笑。

「我看起來缺乏運動嗎？」

深雪解開罩衫繩結，挑釁般張開雙手擺姿勢。當然是半開玩笑的。睡衣不是會透視肌膚的材質，也不是大膽裸露肌膚的設計。

「別看我這樣，我很注意美容喔。」

意外遭受深雪反擊，達也只能苦笑。

「不過，哥哥難得邀約，拒絕的話也不禮貌，所以我去準備。請稍待。」

深雪輕盈走向盥洗間。雖然嘴裡說得興趣缺缺，但是光看背影就知道她其實樂不可支。

達也的苦笑變成微笑。

和達也一起盡情流汗，大概成為轉換心情的好管道吧。坐在早餐餐桌前的深雪，氣色比昨天好很多——陪睡比運動更有效的可能性，在達也的意識裡自動忽略。

「深雪，今天的行程是？」

「我的行程嗎？學校今天好像也停課，所以沒特別要做什麼……」

突然聽達也這麼問，深雪以疑惑表情回答。

深雪注視達也的雙眼，想看出他的真意。

在她的視線前方，達也略顯猶豫說出下一句話。

「那麼，要不要去兜風？」

「兜風嗎？」

「如果想您閒待在家裡也沒關係。我也久違放鬆一天吧。」

深雪終於理解達也的意圖。

「哥哥，謝謝您的貼心。」

承受深雪的認真視線，達也表情變得尷尬。

「可是哥哥，請您把時間用來救出水波吧。我不認為光宣會無視於水波的意願，將寄生物依附在她身上，但是一時的鬼迷心竅可能會鑄下無可挽回的過錯。」

「也對。」

達也承認自己的想法天真，深雪說的才對。

「如果是普通的過錯還好，一旦放棄人類身分就真的無可挽回。首先傾力查出藏匿水波的場所吧。」

雖然還沒用完餐，但達也放下筷子注視深雪。

深雪也放下筷子端正坐姿，承受達也的視線。

「深雪，可以幫我嗎？」

「有我幫得上忙的事情，請儘管吩咐。」

深雪的回應毫無迷惘。

◇　◇　◇

光宣清醒時是早上七點多，不早也不晚的時間。經常身體不適臥病在床的光宣，沒有早起運動的習慣。不只是運動，早上也沒特別要做什麼事，所以平常都在這個時間起床。

和昨天不同的床，和昨天不同的天花板。光宣沒感到困惑，走出寢室盥洗之後前往飯廳。

此時，出乎意料的光景令他呆若木雞。

「早安。」

「……早安。」

正在打理餐桌的水波，轉身給予光宣早晨的問候。

光宣好不容易從僵硬狀態重整心情，在勉強不會久到突兀的時間點回以問候。

光宣並沒有忘記水波的存在。今早也在起床之後數度思考她的事——不知道思考多少次。

只不過，光宣過於俊美而被周圍的女生迴避，最後導致單身年資等於年齡，所以同年紀的少女為他準備早餐，對他來說是十足震撼的事。

「早餐準備好了。要現在吃嗎？」

「唔，嗯，麻煩妳。」

光宣有點結巴地回應。

——現在的我沒有鬧笑話吧？

光宣懷抱著這種擔憂，坐在餐桌前。

對於光宣和超凡美貌不符的幼稚態度，水波表情沒有鄙視或傻眼的跡象。

她俐落將早餐的飯碗、湯碗與餐盤擺在桌上。

「……我要開動了。」

「好的，請用。」

光宣這次沒結巴，說出用餐前的招呼語，水波以寡言但絕非冷漠的語氣與表情回應。

水波也坐在光宣的正對面合起雙手。

她輕聲說「我要開動了」，然後拿起筷子。

光宣好不容易從水波身上移開視線。他肯定也是從小就和姊姊一起用餐，但是和年齡差不多的少女圍坐在同一張餐桌的光景，不知為何強烈攪亂他的心。

光宣發揮連寄生物都能制服的意志力，專心吃自己的餐點。

面對面動筷的光宣與水波之間幾乎沒對話。光宣近年大多獨自就座用餐，沒有在用餐時談笑的習慣。水波原本就不多話，加上直到兩年前一直過著在工作空檔迅速進食的生活，所以不擅長在餐桌上對話。

兩人就這麼維持隱約尷尬的氣氛放下筷子。這次用餐沒提到寄生物化的話題。水波的意願未定，光宣害怕讓水波抱持「被迫」的印象。

「我去外面巡視一下。」

光宣喝完餐後端上桌的茶，說著這句話起身。正因為對水波懷抱好意，所以這間飯廳的氣氛令他不自在。

「好的，請小心。」

水波在這方面也一樣。

◇　◇　◇

「真是不順利啊……」

光宣在玄關前方的空地仰望天空，嘆氣低語。

頭頂所見的明亮陰天，不是真正的天空。是使用東亞大陸流派的古式魔法，以大約十公尺的高度（套用東亞大陸的度量衡是三丈）設定為境界面，讓地面所反射包含可視光的電磁波在該境界面散射，所以看起來泛白混濁。若是從上空觀看，這片境界面重現了連綿茂盛的森林。

無須強調，光宣說的「巡視」是藉口。偽裝與隱蔽結界確實必須檢查，但在屋內也做得到。這裡是魔法性質的封閉空間，不過光宣依然想呼吸戶外的空氣。

「應該更仔細思考今後的事情才對。」

光宣脫口而出的抱怨是衝著他自己。直到昨天，光宣滿腦子都只想抓走水波，一心只想在達也不會妨礙的地方和水波談談。

這部分有同情光宣的餘地。首先，超前達也下手就是難關。不只如此，七草家與十文字家都加入阻礙的行列。

雖說在成為寄生物的時候就下定決心，但是光宣周圍的狀況嚴苛，他非得用盡智慧與力量才能帶走水波。

而且他並不是認為只要和水波獨處，事情就能如他所願。

對於水波來說，成為寄生物是最好的選擇。光宣如此確信。

但是他不打算強迫水波。不是表面上的原則或立場，他自認會尊重水波的意願。光宣早就決定，如果水波下定決心「不想成為寄生物」，那他就會讓水波完好如初回到達也身邊。

光宣的目的不是獲得水波，只是想拯救水波逃離猝死的恐懼。同時，如果做得到，光宣不想讓她體會到身為魔法師卻無法自由使用魔法的焦躁與懊悔，如此而已。

為什麼光宣要為水波做到這種程度，還不惜拋棄自己的人類身分？

老實說，光宣自己也不清楚原因。說起來，光宣還是人類那時候折磨他的體質缺陷，和水波現在背負的問題屬於不同性質。

光宣昔日之所以頻繁病倒，是因為活性過高的想子壓力導致肉體的情報體破損，反映到肉體造成問題。相對的，水波現在罹患的症狀是魔法演算領域的安全機制損毀，所以輸出的魔法威力很可能超過她本人能承受的極限。

光宣身體不適的成因和魔法的使用無關。反觀水波，只要讓她無法使用魔法，總之就能遠離猝死的威脅。

共通點在於無法隨心所欲使用魔法，以及最終的治療方法。

成為寄生物之後，可以毫無顧慮使用魔法。

說成毫無顧慮可能太過分了。化為寄生物導致的肉體變貌無法避免，但是寄生物侵蝕自我的問題可以避免。光宣拿自己做實驗，證明化為寄生物依然可以保有自我。

自己所獲得寄生物化的相關訣竅，若是水波學得會，她就不用擔心失去自己的心——光宣是這麼確信的。獨自練熟這項技術或許很難，不過水波和寄生物同化的時候，如果由自己擔任導師引導水波，光宣自信肯定會順利。

但若動機只有「想讓她自由使用魔法」也太弱了。這麼想的不是別人，正是光宣自己。

推動光宣的動力是什麼？光宣就這麼放在一旁沒釐清。應該就是這一點招致他陷入現在這種不自在的狀況。

如果真的只是想確認水波的意願，肯定只要等待水波得出結論。若是真的不期待水波報答，就不需要為她的決定感到焦慮不安。

光宣當然猜得到水波會迷惘。

雖說能保有自我，但是得放棄人類身分。多花時間做決定堪稱理所當然。

在水波還沒進行最後決定的這段期間，該怎麼對待她？

光宣後知後覺發現自己完全沒決定這一點。

◇　◇　◇

這座宅邸看起來屋齡超過二十年。廚房設備也明明和餐館一樣齊全卻是舊型。不過房屋本身以及設備或擺飾等物都沒受損的樣子，看來有確實進行維護——不過也可能是以魔法形式的手段保持狀態。

總之試用之後都沒異狀。全自動洗碗機運作起來也毫無問題。

即使如此，水波依然親手洗碗盤。

水波忽然停止手邊的動作，嘆了口氣。她之所以不使用自動機器，之所以做家事，都是因為她覺得必須讓身體動起來，否則會胡思亂想。
不過說來可惜，這麼做沒什麼效果。不對，或許可以說有著「避免胡思亂想」的效果。因為突然占據她意識的，是內心對深雪的罪惡感。
（我在深雪大人心目中是什麼人呢……）
若是窺視水波的意識內側，光宣或許會受到打擊。
現在水波的思緒裡沒有光宣。自己今後該怎麼做──要接受還是拒絕化為寄生物，肯定是水波應該首先思考的大事，她卻將這件事移出視線範圍。
她的內心充滿後悔。
不只是現在，水波從昨天就一直沉入後悔的深淵。
──那是背叛。
──我背叛了深雪大人。
如果當時只是阻止深雪，水波應該不會這麼痛苦。肯定多少能冷靜下來回顧自己當時的想法。
但是水波袒護了光宣。
將光宣保護在身後，和深雪互瞪。
任何人看見這一幕，都會判斷她背叛深雪投靠光宣吧。

水波回顧自身行動的時候就這麼想。

（對不起。）

（對不起。）

（深雪大人，對不起……）

謝罪的話語反覆湧上水波心頭。

（我鑄下無法無可挽回的過錯。）

（我應該怎麼賠罪？）

（這份疏失，我應該怎麼補償？）

就只是消極堆砌著希望受罰的想法。

不知道她是否自覺。

懲罰和原諒是等價關係。

不知道水波是否果真察覺，自己就只是一味害怕被深雪拋棄。

自己為什麼害怕到堪稱異常的程度？水波還沒理解原因。

很可惜，阻止光宣抓走水波的目的沒能完成。以水波為誘餌逮捕光宣的計畫，也在昨天的時間點失敗。

然而十師族將光宣視為危險的原因，並不是他企圖抓走水波改造為寄生物。光宣是寄生物，而且他的能力可能撼動社會，所以師族會議想要逮捕他。

國防軍敵視光宣的理由也和水波無關。第一師團游擊步兵小隊「拔刀隊」對光宣燃起敵意，首要原因在於光宣殺了他們百般崇敬的九島烈。

光宣是烈的親人，是孫子，這個事實也增幅拔刀隊的怒火。弒親是大忌之罪。不只如此，烈在自己的兒孫之中最疼愛光宣，這個情報在隊裡廣為人知，使得他們復仇的念頭更為堅定。

不過國防軍將追捕光宣當成正規作戰准許拔刀隊出動，不是顧慮到九島烈支持者的心情。出動的理由和十師族一樣。不是私情，是判斷光宣的存在成為國家的威脅。

十師族與國防軍，都不會因為水波被抓就收起矛頭。

七月九日，早上八點。沒能獲得關於光宣動向的有力情報，在富士山麓維持待命狀態的游擊步兵小隊，從十師族那裡取得一條線索。

◇　◇　◇

還在就讀防衛大學就被提拔參與九島光宣逮捕作戰的千葉修次與渡邊摩利，遵從緊急召集命令到會議室就座。

早上八點半。指定的召集時間。

拔刀隊隊長從前門現身。修次與摩利和其他隊員在同一時間起立，朝著站在到場隊員前面的小隊長敬禮。

隊長要隊員們坐下，講完簡短的開場白進入正題。

「關於九島光宣的下落，已經取得情報。提供者是十文字克人閣下。」

修次與摩利周圍產生小小的騷動。這支游擊步兵小隊之所以擁有「拔刀隊」的別名，在於該部隊是以魔法近戰技能「劍術」抗敵的戰鬥魔法師集團。即使除去九島烈信徒的這一面，十師族當家的姓名也當然是他們記得的知識。

此外他們的劍術是在千葉家習得，只對九島烈抱持普通敬意的修次與摩利，就是基於這段緣分受命參加這項作戰。

「九島光宣昨天出現在調布，在橫越青木原樹海的道路消失無蹤。」

小隊之間發出比剛才更大的喧囂聲。他們一致展現出尊嚴受創的憤怒。

游擊步兵小隊待在此處，並非為了阻止先前在奈良目擊的光宣入侵東京。他們不是設置檢查哨，而是選擇這裡當成基地。光宣應該還躲在東海以西的地區，只要取得相關線索，他們就可以當場即時出動。

所以即使光宣出現在他們的東側，原本也不需要為此覺得丟臉。

但他們眼睜睜容許光宣入侵首都是事實。

雖說目的不同，也還是無法接受。

而且，推定的潛伏場所再度挑弄隊員的神經。

青木原樹海就在東富士演習場附近。光宣或許不知道有支部隊等在這裡要找他，但是拔刀隊成員覺得「自己被瞧不起」也可說是在所難免。

「十文字閣下沒斷定九島光宣逃進樹海。不過依照提供的追蹤資料研判，可能性很高。」

隊員們完全停止竊竊私語。

包括修次與摩利，所有人的視線集中到隊長身上。

「從本日〇九三〇開始搜索樹海全區。各人在這之前牢記負責的區域與搜索步驟。完畢。」

等待已久的出動命令，使得起立敬禮的隊員們眼神熊熊燃燒。

◇◇◇

狀況大幅變化的不只是東京以西。

幾乎同一時間，關東的東方海面也有動靜。

本應離開橫須賀港踏上歸國旅程的USNA海軍空母「獨立號」回到房總外海。基於日美軍事同盟參戰，對抗新蘇聯的威脅。這是獨立號捎給日本政府的訊息主旨。履行同盟義務的這個申請不奇怪。甚至可以說如果在昨天的時間點沒表明參戰意願，反而才是違反同盟條約。

政府內部也有人懷疑這個派兵支援的申請有幾分當真。不過在戰爭中最該避免的就是孤立。「光榮孤立」只在很久以前的時代通用。至少以日本的國力無法採用孤立戰略。何況現在交戰中的對象是大國——新蘇維埃聯邦。日本沒有拒絕美國參戰的選項。

即使結果使得日本不能對美國海軍所屬艦艇先前襲擊日本領土巳燒島的暴行表態也一樣。

主張USNA應該為襲擊巳燒島謝罪的聲音，在國防軍內甚至稱不上是少數派。連鷹派領袖都沒主張要求謝罪。

因為領土侵略不能只以言語上的謝罪了事。

賠償金。資源特權。不平等又不利的通商條件。苦吞外交條約。勝者對敗者所提出實質上的（有金錢價值的）謝罪要求是必須的。領土遭受侵略的一方如果不提這種要求，將會招致更進一步的領土侵略，而且會輪到其他國家這麼做吧。

公開領土侵略的事實批判該國，必須做出和該國敵對的覺悟。最終來說不惜開戰——要是沒這份覺悟，就只能當成沒發生過。

而且在現今的國際情勢，日本必須避免和USNA成為敵對關係。至少表面上必須避免。

國防軍沒有幹部不懂這個道理。主權領域（而且不是領空或領海，是領土）被侵略的事實必須當成沒發生過，對於軍人來說是奇恥大辱，但如果不能為了實際利益而克制私情，就扛不起一個國家的軍事重擔。

因為這樣，所以國防軍大多把懊悔吞下肚，但是部分軍人基於現實觀點，對於獨立號的參戰申請覺得感冒。

這些人就是和一〇一旅及其司令官佐伯少將走得近的將校們。他們知道化為寄生物的特務企圖利用座間基地入侵日本。

襲擊巳燒島的運輸艦在海上和獨立號接觸。雖然沒確定雙方接舷，但是運輸艦中途島號敵對日本的行動，不像是和獨立號無關。

而且從中途島號搭乘快艇登陸巳燒島的美軍士兵，全都已經化為寄生物。企圖從座間基地入侵的幹員，攻擊巳燒島的部隊。懷疑兩者關係密切可說是理所當然。

「——那麼閣下也認為獨立號參戰是為了讓特務潛入的藉口？」

國防陸軍一〇一旅司令官室。在這個房間的主人——佐伯少將的辦公桌前面，公認是她親信的風間中校，以頗為嚴肅的表情詢問少將。

形式是詢問，但風間早就知道答案。這是用來延續對話的某種附和。

「應該會以援軍身分協助戰鬥吧。即使沒有實際交火，也肯定會協助對新蘇聯軍施壓。」

「但您認為不只如此？」

「沒錯。」

佐伯點頭之後嘆了一大口氣。這不是演給風間看的。

「攻擊我國領土，是絕對不能原諒的行為。即使攻擊的是小型離島也一樣。只是……」

佐伯略顯猶豫。

「只是什麼？」

風間催佐伯說下去，是因為感覺佐伯沒有就此打住的意思。

「這邊也有刺激美國的要素，這是難以否定的事實。他最近的舉動就我看來也頗難容忍。」

「您是說特尉——達也嗎？」

長官含糊稱為「他」的對象，風間毫不猶豫講明。

佐伯以責難的眼神看向風間。但是看到風間毫無愧疚之意，她再度嘆氣。

「……是的。」

嘆氣之後，她承認風間的指摘沒錯。

「但下官認為達也他也會有一套說詞。」

「這是應該的吧。要是他沒想太多就做出那種事，麻煩可大了。」

風間發言擁護，佐伯以傻眼的聲音回應。

「不過，無論是什麼理由，藏匿脫逃的國家公認戰略級魔法師，不是『個人層面』能原諒的行為。」

「因為這就像是協助核子潛艦逃亡。」

風間以不帶情感的聲音附和。

他是真的同意？還是表面做個樣子？佐伯想從風間的表情讀取解答，但是不順利。

「就算這麼說，但下官認為不能放任特務囂張跋扈。」

「中校，你說的沒錯。」

風間同樣以看不出真意的表情發言，佐伯點頭同意這個中肯的論點。

「我提出委託的時候，情報部已經做好監視獨立號的準備。」

「這樣不會欠情報部一次嗎？」

「不必擔心這個。他們欠我的不會只因為這樣就抵銷。」

如果風間是輕視紀律的不良軍人，應該會吹個口哨吧。

「請問下官該怎麼做？」

風間實際做出的反應，是稍微睜大雙眼之後詢問任務內容。

「要是確認特務登陸，請私下以『妥善』的方式解決。」

「『妥善』嗎……」

風間嘴上沒說出「不簡單」三個字。

「知道了。不過，下官認為情報部會介入。」

「如果情報部可以應付，那你不出手也沒關係。比起這個，更重要的是……」

佐伯說到這裡暫時停頓，以像是暗示「你懂吧？」的眼神看向風間。

「──不能讓達也出手嗎？」

「我不希望『一般民眾』的想法，害得我們和美國的關係更加惡化。」

佐伯所說的「一般民眾」不是單指達也。不准達也背後的四葉家為所欲為──佐伯的雙眼隱含這份堅定的意志。

第一高中在八點前正式通知「本日也停課」。第一堂課是在早上八點開始，所以在這時間告知「本日起復課」也來不及，但要復課的話當然會有「下午開始」之類的貼心安排。

上午九點。達也與深雪暫時回到自己房間重整身心狀態之後，在兩坪多的和室促膝而坐。

兩人都是正坐，但是衣服、飾品或墊子都不是特別的物品。達也穿短袖T恤與薄料子的九分褲，深雪穿夏季針織連身裙。深雪的連身裙凸顯身體曲線，是頗為火辣的設計，但如今她和達也獨處時，穿這種挑逗的服裝早就沒有效果。達也眉頭都不皺一下。

這個房間平常沒使用，但是看起來一塵不染。兩人沒使用坐墊，直接坐在乾淨的榻榻米上。

如前面所說，達也表情平靜，但深雪眼角有點紅。

「您說便服就好，所以我穿這樣過來……可是哥哥，那個，不……不脫掉也沒關係嗎？」

語氣害羞但還是直視達也的深雪之所以這麼問，是因為她在今年二月經歷過相同狀況。

鎖定舉行師族會議的箱根飯店發動恐怖攻擊的主謀顧傑，從以前就透過部下周公瑾在日本策劃反魔法師行動。達也為了找出他潛伏的場所，將觀看情報體「景色（形色）」的能力——「精靈之眼」發揮到極限。

為了找出顧傑，達也判斷必須投入自己擁有的所有情報知覺能力。但是他為了監視進逼深雪的威脅，總是將「精靈之眼」大部分的容納力用在深雪身上。若要將這份資源也用來搜索，達也必須說服自己即使暫時從深雪身上移開「眼」也不會出事。

這得讓達也實際感受到自己正以「視覺」以外的方式保護深雪。達也為此選擇的手段，是以肌膚感受深雪的存在。具體來說，是自己只穿一條五分泳褲，從後方緊抱只穿內衣的深雪。達也採用了有點匪夷所思的這種做法。

當時多虧這麼做，達也得以找到顧傑。如果這次也想獲得同等的成果，深雪認為應該進行相同的程序。

絕對不是想讓達也看她只穿內衣的樣子。

達也他也沒這麼誤會。

「就這樣沒關係。和那時候不一樣，現在的我身上沒有封印。」

「說……說得也是……」

不過聽到達也的回答，深雪極度難為情。覺得自己像是不檢點的暴露狂，不敢繼續看達也的臉。她低下頭，雙手放在大腿上緊握。從長髮之間露出的深雪雙耳，連前端都染得紅通通的。

看著這樣的深雪，達也表情也不禁有點不好意思。搜尋顧傑下落的那天，雖說必須那麼做，但達也自覺讓深雪做了會露出「這種表情」的事。即使缺乏情感，他還是擁有並且理解這種羞恥心。

「開始搜索。」

要是任憑時間經過，彼此只會愈來愈尷尬。達也刻意以制式化（應該說軍隊化）的語氣告知之後半閉雙眼。

眼皮沒有完全闔上，是為了一直以肉眼注視深雪。顧傑那時候，他非得將視野完全移到情報次元，以普遍意義來說是眼睛看不見的狀態，所以必須藉由觸覺（肌膚的接觸）感受深雪。更重要的是他無法只憑「單純」的視覺確定深雪沒面臨危險。

然而現在不一樣。光是像這樣面對面，就能理解無須刻意將「精靈之眼」朝向深雪。物理次元與情報次元，達也可以同時感知到極限。

他看著坐在面前的深雪，將視線延伸到情報次元。

尋求的對象是水波的情報體。

不必準備和她緣分深厚的物體，達也自己就和水波結了「緣」。

循著這份「緣」，達也的視力跨越空間的阻隔。

開始搜索之後不到五分鐘。

達也的視野捕捉到水波的「情報」。

◇ ◇ ◇

達也的「精靈之眼」是罕見的能力，卻不是只有他能使用。魔法是認知個別情報體（伴隨事象的情報）之後暫時將其改寫的技術。使用魔法的魔法師，多少都擁有感知「情報」的能力。在魔法師都擁有的這種感知能力之中，「精靈之眼」可說是最高階的版本。

讓魔法師之所以是魔法師的這種情報感知能力，提升到最後就會達到「精靈之眼」的境界。從人類時代就擁有優秀的情報感知能力，化為寄生物之後該能力也更為升級的光宣，同樣擁有這種「眼」。

（這是——！是達也嗎？）

觀測也是一種「作用」，會在被觀測的對象加上「被看見了」的情報。雖然是細微的變化，但是只要同樣擁有「精靈之眼」的能力，在他人的「眼」看過來的時候就會察覺。

達也視線前方是伴隨「櫻井水波」而存在的情報，光宣也總是下意識將「眼」朝向水波。所以在這一瞬間，他最快察覺達也即將以「精靈之眼」揭露水波現在的位置。

（不妙……！）

達也視野捕捉到水波的時候，光宣幾乎同時察覺達也的「眼」。在物理次元的時間差肯定不到半秒。但是在這短短的時間，達也的視線深深陷入水波的情報體。

（至少一定要藏好這個場所！）

如果有餘力，或許可以反向循著達也的視線以精神干涉系魔法反擊。但現在的光宣光是避免這個祕密住所被查明就用盡全力。

這裡以周公瑾建構的魔法防禦陣保護。是和東亞大陸古式魔法「蹟兵八陣」相同系統的大規模隱蔽結界。其偽裝效果不只能阻擋來自地面的接近，也能妨礙來自空中的探索或是使用魔法的偵測。

但是光宣覺得這個魔法的性能，不足以騙過達也的「眼」。

光宣以「精靈之眼」捕捉到的達也視線，犀利到令他預測不必太久就能貫穿周公瑾的結界。一旦查出場所，隱蔽結界就不管用。擾亂方位知覺的「鬼門遁甲」也無法阻止達也來襲吧。

在這種危機意識的驅使之下，光宣使用了「扮裝行列」。

偽裝對象是關於水波現在位置的情報。達也已經捕捉到水波在情報次元的「身影」。光宣判斷經過這個階段應該不可能完全偽裝水波的情報，所以鎖定單一項目進行偽裝，想藉以提升偽裝強度。

虛假的位置情報加寫在水波的情報體。

光宣確認自己的「眼」所「看見」的水波情報，她現在「設定」為位於距離此地十公里遠的河口湖湖面。

同時，光宣感覺到達也的「視線」從青木原樹海移開。「扮裝行列」成功阻止達也「精靈之眼」的探查——只是暫時。

光宣內心沒湧現鬆一口氣的心情。

成功掩飾的只有位置情報。

達也的「視線」至今也持續瞄準水波的情報體。

「還不能鬆懈。」

光宣輕聲說出口，警告自己。

◇　◇　◇

「光宣的『扮裝行列』嗎……」

光宣的魔法導致「視線」偏移的同時，達也察知這個事實。

「光宣開始妨礙嗎？」

聽到達也的細語，至今甚至避免呼吸發出聲音的深雪不禁詢問。

「沒錯。」

達也沒責備，一度睜大眼睛出言同意，然後雙眼立刻回復為半閉。

達也一開始就已經預設光宣會使用「扮裝行列」。如果沒預測他妨礙，達也就不會刻意讓深雪待在身旁，做好萬全的準備。

達也至今吃過「扮裝行列」的苦頭好幾次。達也以讀取情報體的能力當成戰術基礎，因此「扮裝行列」是剋制他到堪稱天敵的魔法。

「不過，可不會永遠屈居下風。」

達也眼皮維持半閉，像是告誡自己般低語。

他早就預測光宣會妨礙，不可能沒擬定任何對策。

◇◇◇

（怎麼回事？他在「看」某個東西？）

達也投射過來的「視線」突然增加兩道。感應到視線的光宣感到困惑。

達也的「精靈之眼」依然確實捕捉水波的情報體。

同時，另一雙「視線」投向光宣。

（不對……不是投向我。他在觀測我的魔法？）

魔法式寫在該魔法作用的事象表面。形式上是以魔法式覆蓋情報體的最外層，和「世界」接觸的表面。

貼附在情報體最外層的魔法式情報，使得「世界」誤以為該事象是「這麼回事」。魔法直接接觸「世界」，才得以欺騙「世界」，正因如此，魔法式非得顯露在外。

既然「扮裝行列」是魔法，魔法式就會外露。只是因為「扮裝行列」本身擁有偽裝情報體座標的效果，所以外露的魔法式不會被找到。

即使魔法式外露，只要不知道寫入的對象位於何處，就不會被發現。

情報次元沒有距離與廣度。在物理層面相隔再遠，只要知道觀測對象在哪裡，就可以基於零時差的意義在同一時間詳細觀測。

反過來說，即使是伸手可及的物體或現象，只要不知道「位於那裡」與「是這樣的東西」，在情報次元就觀測不到。

確實，循著事象和事象的關連性或情報性質的連結，要查出不知道位於何處的目標或是取得真相不明的情報，以原理來說不是不可能。

但是這個世界有著時間的流動。

萬物皆流（Everything Flows）。

物理次元的事象時時刻刻變化，絕對不會維持在同樣狀態，情報也跟著不斷更新。只要無法閱覽在時間洪流累積的過去情報，就無法只以情報層面的關連性找到位置不明的「情報」。

（即使是達也，肯定也無法違抗時間的流動。）

光宣對照自己獲得的「精靈之眼」性質，如此認為。

（總之得繼續維持「扮裝行列」，直到達也移開「眼」。）

光宣提升專注力，避免正在發動的魔法中斷。

◇◇◇

在這個階段，光宣誤解了兩件事。

首先是關於他與達也「精靈之眼」的性質差異。

先前光宣即使沒有特別集中注意力，依然在遠離伊豆的生駒捕捉到達也與貝佐布拉佐夫的激烈衝突。達也的「精靈之眼」沒有這種被動的感知能力。相對的，達也能違抗時間的流動，綜覽情報體的變更履歷。

這份差異恐怕來自兩人擅長的魔法。

「扮裝行列」不是以特定的某人為對象，必須對投向自己的所有「視線」發揮效果。被任何人觀看都要持續偽裝自己的情報，基於某種意義堪稱被動式的魔法。

反觀達也的「重組」是回溯情報體的變更履歷而成立。真的是在時間軸逆流而上的魔法。認知情報體的能力「精靈之眼」始終是魔法技能的一部分。認知情報體是魔法師行使魔法的必經程序，「精靈之眼」只不過是每個魔法師所具備這種感知能力的最高階版本。光宣為了使用「扮裝行列」而發展被動的感知力，達也之所以獲得超越時間的認知力，在於這是「重組」不可或缺的要素。

但如果只以此批判光宣過於武斷，才真的可以說是太早下定論。「精靈之眼」是罕見能力，知道實例的人極為有限。在目前的時間點，完全沒機會對於自己與他人「精靈之眼」的性質差異進行比較與檢討。

至於第二個誤解更為基本，是關於達也之「眼」所觀看的目標。

「扮裝行列」的魔法式很難直接找到，這種程度的事情，達也早就知道。

已經體會到令他厭煩的程度。

他進行本次搜索時，早就預測會受到這個魔法的妨礙。不可能輕率地重蹈覆轍。

達也不是在找「扮裝行列」的魔法式。

他想觀測的是「扮裝行列」改寫事象的痕跡，是「情報以魔法偽裝過」的情報。

事象伴隨情報。事象情報記錄在想子。這也可以套用在想子本身引起的現象。

魔法是以想子建構魔法式，改寫事象所附屬情報的技術。魔法改變事象的過程本身，無疑是想子引起的現象。

行使魔法之後，除了被魔法改變的事象情報，還會留下「魔法成功改寫情報體」的情報。

達也是在和艾克圖魯斯的幽體交戰時察覺這個事實。不，與其說是「事實」，形容為「法則」或許比較適當。

他在情報次元尋找「魔法成功改寫位置情報」的紀錄。

達也可以回溯情報履歷。雖然範圍限制在二十四小時之內，不過在這個場合不會成為瓶頸。因為別說二十四小時，連回溯一瞬間以上的時間都不需要。

魔法師只會在發動魔法時意識到事象改變，但是魔法會持續生效，直到滿足結束條件。「世界」擁有將萬物回復為原本應有形態的修復力。魔法發揮效力的期間一直都在對抗「世界」的修復力，持續在每一瞬間改變事象。

因此若要讀取魔法改變事象的事實，只要在一瞬間回溯情報體的履歷即可。

只不過，光是找到事象改變的痕跡，並不代表能夠破解「扮裝行列」。

達也以「精靈之眼」捕捉到水波的情報體，但他在其中「看見」的位置情報是「扮裝行列」改寫後的情報。「扮裝行列」的魔法式貼著「櫻井水波的情報體」真正的座標。顯示偽裝的座標並不是必須消除的魔法式。

不過在「改變了」這個情報之中，包含主詞與受詞。

是「什麼」改變了「什麼」？

不只是模糊認知到「魔法」改變了「位置情報」這麼簡單。以這個場合來說，「扮裝行列的魔法式」改變了「櫻井水波的位置情報」，這個情報肯定已經記錄在「世界」。

只要解析改變的痕跡，就能取得偽裝位置情報的「扮裝行列」魔法式相關情報。達也不是直接觀測魔法式認知其構造情報，而是想要從魔法式的效果間接取得這份情報，試著使其失效。

◇◇◇

「——嗚！」

突然襲擊而來的重壓，使得光宣發出呻吟。

「……剛才那是什麼？」

他感受到的壓力不是物理性質。不是肉體承受壓力，是施加在精神的強烈壓迫感。

（——！）

壓力再度來襲。第二次已經預料到了所以沒出聲，但是內心感受到強大的壓力。

實在不是能夠忽視的重壓。

但是光宣在摸索壓力的真面目之前，先確定「扮裝行列」隱蔽位置情報的效果是否還在。

他沒中斷魔法。不過魔法師遭受突發壓力導致魔法中止的例子並不稀奇。

（──咦？）

「扮裝行列」有效運作中。魔法還沒出現破綻，卻是何時損毀都不奇怪的狀態。

魔法式像是風化般變得脆弱。魔法式原本只要魔法師放開控制就會消散，但是光宣不記得自己放棄「扮裝行列」的控制。

（為什麼沒察覺變成這種狀態？）

光宣一邊以差點陷入混亂的腦袋自問，一邊連忙朝「扮裝行列」充填力量。

他不是維持術式，而是選擇以相同魔法堆疊。

以魔法覆寫魔法，一般來說都是下策。因為每次覆寫，魔法發揮效能所需的事象干涉力會逐步上升。

但如果是造成完全相同結果的魔法，即使重複發動也不會被要求增強事象干涉力。

偽裝情報體位置情報的新魔法式覆寫在即將損毀的魔法式，「扮裝行列」取回牢固性。

光宣鬆一口氣的時間只有短短一剎那。

（唔！又來了？）

壓力三度來襲。

第三次的壓力比第二次還強。

光宣還沒確認偽裝魔法的狀態就先再度發動「扮裝行列」。

（……難道這不是達也的攻擊？）

確認新的「扮裝行列」發揮效果之後，光宣腦中浮現這個推測。

達也是最高階對抗魔法「術式解散」的使用者。光宣親身體驗過所以知道。

那個對抗魔法是破壞魔法式本身。魔法式基於性質會在情報次元外露，所以無法抵擋「術式解散」。

不過「術式解散」肯定要直接瞄準魔法式才能使用。而且若是以「術式解散」破壞魔法式，魔法式不會像這樣變得脆弱，就某方面來說不上不下，按照原理應該會四散到無影無蹤。

（但如果不是「術式解散」，他究竟做了什麼……？）

自己發動中的魔法式變得脆弱，光宣憑感覺就知道。但他沒能詳細得知具體上發生了什麼事才變成這種狀態。

因為魔法不是以主動意識建構的。

即使是自己的魔法，也不知道細部構造。只知道整體來說是何種魔法，會產生何種效果。光宣在這方面也是「普通」的魔法師。

「——！」

可惜光宣沒有餘力仔細推理。

壓力斷續來襲，置之不理的話將會導致魔法式損毀。

光宣非得不斷重複發動「扮裝行列」應對。

◇　◇　◇

（……果然不能像是直接瞄準那樣順利嗎？）

找出魔法改變事象的痕跡，循著魔法生效的紀錄回溯，消除篡改情報的魔法式。

對於達也來說，他不滿意這個結果。

從事象改變的痕跡調查原因所在的魔法式構造，始終是間接的解析。

比起直接觀測魔法式，準確度無論如何都會變差。

達也的「分解」是藉由精確認知構造情報而成立，要是情報精確度下降，效力也會減弱。

而且，以間接分析鎖定的魔法式，是在一瞬之前產生作用。達也想利用過去魔法式的情報，破壞現在運作中的魔法式，但是目前沒成功過。

這個做法有效果，不是完全撲空的觸感。但是現實問題在於依然不知道水波的所在處。

（對想子的結合造成傷害，卻不到完全切離的程度……大概是這樣嗎？）

達也認知魔法式構造的時候可以深達細部。這種知覺能力是伴隨著他使用的「分解」與「重組」所獲得。不過這份能力也要「看見」分析對象才能發揮。在魔法式以「扮裝行列」隱藏所在位置的狀態，只能從使用魔法之後的手感來推測。

這種推測不一定正確。但是現在只能相信自己的感覺，別無他法。

如果「眼」不可靠，就只能摸索前進。

達也進行第五次的攻擊。

◇◇◇

（——唔！愈來愈劇烈了！）

達也以「扮裝行列」魔法式為目標進行的攻擊，算起來已經是第七次。施加在光宣精神的壓迫感，已經達到與其說是「重壓」更適合形容為「衝擊」的水準。

在祕密居所的前院，光宣像是崩潰般單腳跪地。不只是連續發動魔法的負荷，持續處於完全無法鬆懈的狀態，除了消耗光宣的氣力也消耗體力。

「哈哈哈，幸好來到戶外。」

他口中發出自嘲的笑聲。

（……多虧這樣，才免於被水波看見這副模樣。）

光宣在內心補充這段話，手撐著膝蓋起身。

「還沒。」

他刻意出聲這麼說。

「達也的力量也不是用之不竭。」

沒有線索證明襲擊光宣的壓力來自達也。但他確信這是達也的攻擊使然。

「我還不能輸。」

光宣這麼告誡自己。

「我還沒收到回應。要是在這裡收手，至今的所作所為都會失去意義。」

掠過光宣腦海的，是趴倒在地的爺爺九島烈身影。

差點從意識底層噴發的後悔，光宣以全力封閉，改為以鬥志填滿內心。

「不能輸。」

光宣再度輕聲這麼說，朝著差點踉蹌的雙腿使力，瞪向虛空。

◇　◇　◇

光宣的推測沒有根據，但他沒猜錯。

達也的力量確實有極限，而且不久就會來臨。

「哥哥，差不多該停手比較好……」

深雪以擔心的語氣委婉建議中斷搜索。她右手拿著手帕伸過來，擦拭達也額頭與太陽穴浮現的汗珠。

不只是額頭冒汗，達也的T恤各處都吸汗變色。臉孔失去血色，看得出極度集中精神的疲憊顯露在外。

「再一下下……」

達也說出的這句話，不知道是在回答深雪，還是自言自語。深雪關心達也的身心狀況，達也卻不聽她的阻止，挑戰第九次攻略「扮裝行列」。

達也已經掌握偽裝的模式。水波的情報體是只有位置情報被篡改的狀態。不過即使讀取到情報體記述的內容，也因為無法視認情報體本身，所以無法讀取構造。這是「扮裝行列」最棘手的地方，也是將達也剋得死死的原因。

——從被改寫的位置情報，讀取先前進行改寫的魔法痕跡。

不是讀取「事象本身」的情報，而是讀取「事象被改寫」這個行為的情報。這是達也在昨天戰鬥時剛發現的技術，老實說，達也他也還沒達到稱得上運用自如的水準。

——分析記錄在情報次元的痕跡，推測魔法程序。

讀取到的事象改變，需要以何種程序的魔法才能引發？這在本質上可以說等同於為了得到想要的事象改變效果而設計魔法的步驟。只不過這不是自己設計，而是必須重現別人的設計圖，所以難度三級跳。

——從推測的魔法程序，進而推定魔法式的構造。

這在本質上也和開發魔法的步驟相同。只是這部分也必須導出別人所設計魔法式的構造。別人所使用魔法的魔法式構造，達也可以直接「看」並且理解。或許正因為達也平常想掌握魔法式構造時沒有太大問題，才會覺得間接推定魔法式構造是一道難關。

——推定魔法式的構造之後，就這麼在位置不明的狀況下瞄準並且分解。

達也的分解魔法成立在詳細理解構造情報的基礎上。如果根據籠統的認知就使用「分解」。不只是無法得到充足的效果，反作用力也會對他的精神造成沉重負荷。

達也精力消耗得這麼嚴重，是這些負面要素重複的結果。以「術式解散」破解無法直接「視認」的情報體，本來就是不可能的任務。

即使如此，達也還是勇於進行第九次挑戰。

◇　◇　◇

「唔……！」

和剛才完全沒得比的劇烈衝擊。光宣發出哀號，這次是雙腳跪地。

（「扮裝行列」……被破解？）

偽裝水波位置情報的「扮裝行列」發出軋轢聲。

光宣聽到這樣的幻音。

（還沒……還沒！）

他激勵逐漸軟弱的自己，絞盡魔法力。

◇　◇　◇

（再加把勁！）

達也確實感覺到隱藏水波所在處的魔法即將損毀。

（不，到此為止了。）

另一方面，某個自己冷靜指摘自身正達到極限。

肉體產生的異狀來自極度的精神集中，以及伴隨而來的呼吸減少。只要解除緊張就能在短時間內回復，維持現狀也沒有生命危險。

不過達也理解到，不同於意識領域產生的壓力，意識的水面下即將發生嚴重事態。

潛意識領域無法自覺。正因如此而別名「無意識領域」。

但魔法師能以表層意識利用這個潛意識領域。利用名為「魔法演算領域」這個區塊的功能。

這塊魔法演算領域出現過熱的徵兆。

這是在條件不足的狀態下，硬是不斷使用「術式解散」的反作用力。

即使條件稍微不足，但只要習慣這個狀態，應該也能迴避過熱的風險。然而今天的挑戰是未經練習就直接上陣。

瞄準沒「看見」的「情報」，分解其構造。

名為「魔法」的技能體系可沒寬容到能輕易做出這種事。

確實，達也只差一步就能查明水波現在的位置吧。

但是這一步也可能成為致命傷。

這時候要前進？還是停步？

這恐怕是攸關達也生死的重大選擇。

做出最後決定的不是他自己。

「哥哥！」

隨著像是哀號的叫聲，達也半閉的視野完全被遮蔽。

並不是闔上眼皮，也不是意識中斷。

柔軟又充滿彈力的觸感包覆達也的臉。

深雪將他的頭摟到胸前。

「請停手吧！即使是哥哥，繼續下去也很危險！」

「…………」

「我確實擔心水波，覺得必須盡快救她出來。」

以自己身體封鎖達也雙眼與嘴巴的深雪，手臂更加用力。

「可是我更重視哥哥！」

達也雙手放在面前包覆他的深雪腰際，慢慢推開深雪。

剛才跪起來抱住他的深雪沒違抗這雙手，再度坐下。

達也睜開半閉的眼睛。

正前方所見的深雪雙眼噙淚。

達也無法忽視於她的淚水。

「……知道了。今天到此為止吧。」

達也中止「術式解散」。

感受到這一點的深雪露出笑容。盈眶的淚水滑過臉頰。

◇◇◇

（壓力消失了……？）

光宣感覺到原本要壓垮他的壓力消失。

（我撐住了……）

達也發動攻擊想破壞我的魔法，但我防守成功了——光宣這麼認為。

冒出這個想法的同時，光宣的意識落入黑暗。

「扮裝行列」解除，隱藏光宣與水波的只剩下周公瑾的結界。

◇◇◇

達也準備解除看向水波情報體的「精靈之眼」。

這一瞬間，青木原樹海的座標情報掠過達也眼前。
該情報顯示一個半徑約一百公尺的狹小區域。
達也確認這個情報之後，閉上其中一隻「眼」。

到了七月九日，新蘇聯的艦艇依然停留在能登半島外海。軍事威脅還沒離去。

不過昨天擊沉十二艘敵艦（雖然都是小型艦）的戰果，大幅鼓舞了日本國民。以空母為首的敵軍主力艦還健在，所以緊張局勢沒有緩和，狀況還不至於樂觀，但國內確實逐漸醞釀出「新蘇聯不足為懼」的氣氛。

民眾想知道是何種手段立下這份戰果，媒體逼迫政府公開情報，或許是理所當然。只要得知並非僥倖立功，國民的不安應該會更加縮小吧。政府也這麼判斷。擊沉敵艦是戰略級魔法的功勞，這個事實在昨天的時間點已經以推測的形式報導出來。政府決定的方針是正式承認這件事，認定一条將輝是國家公認戰略級魔法師。

上午十點，防衛省記者室。防衛大臣回答集結的記者問題，公布將新蘇聯小型艦隊一網打盡的魔法「海爆」，以及使用該魔法的魔法師姓名。

「——這裡說的一条將輝先生，是國立魔法大學附設第三高中的一条先生嗎？」

女記者以追星般的眼神詢問大臣。將輝的外型客觀來看不如光宣，但他的英俊不同於達也，屬於大眾喜愛的類型。他在部分圈子是知名的「美少年魔法師」。

「一条將輝現在就讀國立魔法大學附設第三高中三年級。政府已經認定他是我國第二位國家公認戰略級魔法師。」

防衛大臣以這種說法肯定記者的詢問。

◇◇◇

上午十點十五分。媒體早早就查出將輝的所在處，聚集在小松基地。

「為什麼連我也……」

「別這麼說啦！我們交情都多久了。喬治很習慣進行記者會吧？」

吉祥寺在記者會會場的台側發牢騷，將輝以懇求的語氣安撫。

「但記者是來採訪你，我覺得不需要我。」

「沒那回事喔。『海爆』是你為我創造的魔法，大家肯定也想聽聽開發者怎麼說。」

「……唉……」

被將輝拍肩膀，吉祥寺嘆了口氣。

基地的女職員告知「時間到了」，將輝催促吉祥寺上台，走到高一階的講台中央放置的麥克收起表情的吉祥寺隨後跟上。

身穿三高制服的兩人同時行禮，一齊接受鎂光燈的洗禮——以現代相機的感光度肯定不需要閃光裝置，但在記者會就像是「約定俗成」般會使用電子閃光燈。

過強的閃光使將輝稍微蹙眉，吉祥寺卻面不改色。將輝說他「很習慣記者會」確實沒錯。

將輝與很習慣進行記者會坐在與先準備的椅子之後，記者會立刻開始。

——一条先生這次立了大功。您的軍功給予國民莫大的勇氣。

——能成為大家的助力，我倍感光榮。

——您是自願出面迎擊新蘇聯艦隊嗎？

——是的。我透過父親向國防軍自願成為義勇兵。

——因為您有自信以新的戰略級魔法打垮敵方艦隊嗎？

——是的。都是因為有身旁這位吉祥寺為我創造的「海爆」。

此時記者的關注早早就移向吉祥寺。

——吉祥寺先生，新戰略級魔法「海爆」據說是您研發的，這是真的嗎？

——是的。

——您就讀第三高中的同時，也任職於金澤魔法理學研究所，研發新戰略級魔法是研究所的方針嗎？

——不。在金澤魔法理學研究所沒進行軍事用的研究。

——「海爆」的研發是您自主進行的嗎？

——是的。

——這是預期到新蘇聯的侵略嗎？

對於這個問題，吉祥寺略顯猶豫的樣子。

——如您所說，「海爆」的研發是防備新蘇聯的侵略。

——獨力研發出新的戰略級魔法，不愧是我國引以為傲的英才「始源喬治」。

消息靈通的某記者說出這句話，使得吉祥寺明顯露出猶豫的表情。

接著吉祥寺停頓片刻，說出對他而言很誠實，對聽眾而言卻造成莫大困擾的話語。

——不，「海爆」不是我獨力研發的。

——這個魔法的基礎部分，是第一高中的司波達也同學提供給我的。

◇　◇　◇

「這麼多嘴……」

以電視收看將輝與吉祥寺記者會的達也一臉有苦難言，忍不住這麼說。

他身旁的深雪沒反駁這句呢喃。如果是在別種情況，她應該會以「哥哥的功績獲得正當評價是值得高興的事」這個主旨發言，但這次她知道達也將新戰略級魔法基礎設計寄送給吉祥寺的真正動機。

也知道吉祥寺的告白毀了達也的算盤。

「正直與誠實明明不一定總是最好的處世之道……」

達也接著說的這句牢騷，模仿自英文諺語「誠實為上策（Honesty is the best policy）」。他沒要把話說到「說謊也是權宜之計」這麼重，但或許懷著「沉默是金，雄辯是銀」這種程度的想法。

「吉祥寺同學基於立場，應該不想欠哥哥人情吧。」

深雪遞出冰咖啡，略為保守地安撫達也。

「……也對。我看錯那傢伙的個性了吧。」

對電視抱怨也毫無建設性。達也改成這個心態，以這句話中止牢騷。

深雪貼心關掉電視。

達也視線從剛才播放新聞的牆面螢幕移開。

「哥哥，要來一份司康嗎？」

達也只喝一口咖啡就放下玻璃杯，深雪邀他享用剛烤好要當成下午茶的司康——其實原本預定放涼之後搭配冰淇淋端上桌才符合夏季氣息。

「也好，給我一些吧。」

「知道了。」

這個時間別說吃午餐，連要享用上午茶都嫌早，但是在情報次元和光宣的那場戰鬥，也為達也的身體帶來疲勞。他決定感恩接受深雪的機靈之舉。

◇　◇　◇

將輝與吉祥寺的記者會是在日本國內播放，但是沒特別進行擾頻處理。交戰的敵國不可能不關注戰略級魔法的情報。

只不過這麼說的意思，並不是新蘇聯政府與軍方高官即時收看附字幕的新聞。情報收集是相關部門末端人員的職責，高層的工作是檢討部下整理好的結果。

然而身為新蘇聯政府實質幹部的貝佐布拉佐夫，在政府準備的哈巴羅夫斯克高級宿舍，從一開始就目不轉睛看著螢幕上竊取訊號播放的記者會。

（又是嗎……）

（又是那個男的嗎？）

（是那個男的「偷走我的魔法」嗎？）

他用盡全力將激動失控的情緒壓抑在內心。

◇◇◇

家事做到一個段落，心不在焉看著新聞的水波，聽到吉祥寺說出達也名字的瞬間，反射性地按下遙控器的電源鍵。

放在飯廳的小型電視變黑關機。

當然不是因為對達也感到厭惡。現在的水波光是聽到達也或深雪的名字就很難受。

罪惡感再度在內心抬頭。水波沒有強行消除，反倒是告訴自己應該樂於承受這份精神上的痛苦。

但她實在沒有再度打開電視的動力。

水波決定走出宅邸看看。

光宣沒禁止水波外出。假設水波溜出結界，光宣也不會責備她吧。水波也直覺明白這一點，感覺光宣說的「不會勉強妳」這句話可以信任。

只不過，現在的水波不打算逃離光宣。但這也不是想和光宣在一起的意思。即使逃走也無處可去——這就是水波的心境。

背叛深雪的自己，不可能厚臉皮回到「家」。水波就像這樣想不開。說到唯一不安的要素，就是可能在戶外撞見光宣。

既然住在同一個屋簷下，就不可能一直迴避下去。水波也不打算迴避。只是現在不知為何不想見到光宣——不對，應該說不想被光宣看見。

即使和光宣在同一棟宅邸共度一晚以上，占據水波意識的也都是深雪以及達也的事。若要形容得更正確，應該說滿腦子都是深雪以及「附屬於」深雪的達也。

第一高中的同屆女學生也有人誤會，但水波沒把達也視為異性關心。而且真的是「沒放在眼裡」的等級。在水波的心目中，達也只是主人深雪昔日的哥哥，現在的未婚夫。

深雪是水波的一切。正因如此，背叛深雪的行徑，在強烈到甚至無法自盡的後悔之中抓著水波不放。

水波自己沒察覺，但她的心打造成只會對唯一的主人盡忠。不是基因改造或投藥使然。以單一價值觀束縛人心，不需要這種特別的手段。只要準備封閉的環境，進行準備周全的教育就好。

出生就在四葉本家養育長大的水波，對於「設定」為主人的深雪抱持絕對的忠誠心。水波不認為這樣的自己異常。她「無法」這麼認為。

說起來，深植水波體內的心理模式，不可能背叛設定為主人的對象。關於當時妨礙深雪魔法的那個行動，達也的推理應該正確。不過說來可惜，水波本人無法像這樣朝著對自己好的方向去想。明明有出口，水波卻視而不見，折磨著自己。

不想見到光宣，也是這種自虐性心理作用的一環。自己背叛比親人更親的人，卻連懲罰自己都做不到，她不想曝露這種醜態。這份女人心……更正，這份少女心在她和光宣之間蓋起高牆。

（應該沒事吧……畢竟他說要檢查結界外出至今，已經快兩個小時了……）

光宣肯定回到自己的房間了——水波的這個推測，應該說這個願望，早早在她走出玄關一步的時候就被打碎。

不過真的如她所願，光宣沒有看她。

光宣倒在前院。

水波連忙跑到光宣身旁。

「光宣大人？」

叫名字也沒反應。看起來像是昏迷不醒。

怎麼辦？水波只在瞬間迷惘。

水波操作至今塞在圍裙口袋的ＣＡＤ，發動重量減輕的魔法，抱起表面上變輕的光宣，送他回房間。

大腦基幹產生的輕微疼痛，她欺騙自己說是想太多了。

◇◇◇

——擊退敵國海軍侵略的新戰略級魔法，另一名共同研發者是最近成為話題的托拉斯．西爾弗，也就是司波達也。

確實能賺取收視率與點閱率的這個題材，媒體不可能置之不理。

『大概是無論如何都想採訪你吧。ＦＬＴ總公司與府中的自家都聚集不少媒體記者。』

「……抱歉造成姨母大人的困擾了。」

朝著在視訊電話畫面上面帶笑容的真夜，達也裝出嚴肅表情向她低頭。

真夜應該在看好戲吧。否則肯定不會動不動就為了這種無聊小事打電話過來。

『行事效率真的好到令我佩服。媒體人員大概只有勤勉精神值得讚許吧。不過被採訪的一方會覺得很煩。』

對於真夜這個意見，達也亦有同感，但是在這個場面也不方便同意。因為現在造成ＦＬＴ與舊家鄰居的困擾，達也就某方面來說也同罪。

『不過，高僧閣下好像很滿意這次的結果，還特地出言嘉許。』

「不敢當。」

真夜提到的「高僧閣下」是四葉家最有力的贊助者——東道青波。達也的恆星爐計畫「ESCAPES」獲得這位老翁的支持，代價是允諾成為軍事上的抑制力。

若要嚴密履行這份契約，達也或許應該站上最前線對付新蘇聯艦隊的侵略。不過即使只是提供戰略級魔法給其他魔法師做為間接的介入，東道老翁好像也不計較。

但也或許是因為達也的介入會像這樣曝光吧。

『只是深雪就令人擔心了……目前學校停課所以還好。』

「——是的。」

這部分也如真夜所說，所以達也沒有反駁的餘地。

和戰前相比，媒體也已經學會節制。或許是害怕當局吧，不過明明是沒有直接關係的外人，只因為是鄰居、同事或同校學生就伸出麥克風採訪的行徑沒那麼常見了。

然而深雪是達也「表妹」暨未婚妻的「事實」，只要調查一下就知道。深雪應該免不了暴露在取材攻勢之中。

媒體光是打擾深雪，達也就難以原諒。不過更令人擔憂的是刺客或綁架犯佯裝採訪而靠近的可能性。

深雪自己也有無可估算的價值。但是在當今的情勢下，為了遏止達也而企圖抓走深雪的人應該比較多吧。自己害得深雪暴露在風險之中，是達也絕對不能容許的事。

『達也、深雪，我有一個建議。』

真夜說話的對象是達也，但站在一旁的深雪也在畫面中。真夜刻意叫深雪的名字，是因為她要提出的這個計畫，深雪也會成為當事人。

『要不要另外派一個能在校內陪伴深雪的女性護衛？』

「護衛……嗎？」

反問的是深雪。她的聲音隱含消極的拒絕。

水波昨天被光宣帶走，隔天就決定新的護衛。深雪覺得這像是認定水波已沒有用處而割捨。

『只是在情勢穩定前的暫時性處置。』

真夜補充的這句話，也像是看穿深雪心情安撫她的話語。

「謝謝姨母大人的建言。」

而且達也沒反對真夜的建議。

深雪不只是感到意外，甚至以「難以置信」的眼神看向達也。

「不過，這麼快就能準備適任人選嗎？」

達也向真夜詢問護衛計畫的具體內容。

『我考慮讓亞夜子轉學到第一高中。』

達也認為這個安排不錯。

亞夜子的魔法，應該能協助深雪騙過媒體的眼線，以及混入媒體群的敵人眼線。

「在下認為這麼做對亞夜子無益。」

但他沒贊成這個提案。理由正如他現在所說。達也內心最重要的人是深雪，但也認為亞夜子是重要的——寶貴的夥伴。明明有替代方案，逼自己人犧牲的做法不甚理想。

『哎呀……達也，你心目中有其他人選嗎？』

真夜問。

「有。要不要將我們家正在保護的安潔莉娜．庫都．希爾茲派到深雪身邊？」

達也毫不猶豫回答。

『安潔莉娜嗎……』

真夜稍微揚起兩邊嘴角，做出思索的樣子。

「她會使用『扮裝行列』。雖然比不上九島光宣，但推測實力足以騙過刺客的眼睛。」

其實真夜還沒提出護衛的話題前，達也就在思考是否能活用莉娜來保護深雪。

具體來說，是從聽到吉祥寺的訪問之後開始思考。

以莉娜的戰力，放任她逍遙太可惜了。將來進行政治角力戰的結果，或許必須將莉娜還給USNA，但是達也想在莉娜待在日本的期間有效利用她。

莉娜擁有的戰鬥力和深雪不分上下，擁有的特殊技能連高階魔法師都騙得過，是能安心託付深雪的稀有人材。雖然性格方面多少殘留不安，不過接受護衛的深雪肯定會協助補足。

『讓安潔莉娜回到東京沒問題嗎？』

「擊退美軍對巳燒島的侵略時，美軍已經發現她的存在。要是繼續把她放在那座島，在下覺得反而有風險。」

這裡說的風險不只是莉娜會危險，巳燒島的安全也會受到威脅。這是達也的判斷。

『呵呵，說的也是。』

真夜輕聲一笑，想必是看透達也沒說出口的真心話。

『……好吧。我准許安潔莉娜擔任深雪的護衛。』

「謝謝。」

『關於她轉入第一高中，也由我這邊知會。不過達也，你最好也直接向百山老師低個頭。』

無須補充，真夜說的「百山老師」就是第一高中的校長百山東。百山校長是即使動用四葉家的權勢也不會百依百順的人物。

「知道了。在下會帶莉娜過去拜託。」

『明天就讓安潔莉娜搬去你們那裡。住同一層樓可以吧？』

達也住的這棟大樓頂樓，除了達也與深雪的家，還預留三間傭人的住所。其中一戶是水波住的，另外兩戶是空屋。

「當然可以。」

『這邊會安排人手去打掃房子。』

達也與真夜逐漸補齊接下來的具體行程。

深雪就只是愣在達也身旁。

◇◇◇

四葉家的姨母與侄兒女之間以和樂氣氛達成共識，不過吉祥寺的「告白」不只是為新蘇聯帶來新的緊張。

USNA軍事魔法師界首屈一指的精銳部隊STARS，總部基地位於新墨西哥州羅斯維爾的郊外。這座基地除了STARS總部還另外設置基地司令部，該處的司令官沒隸屬於STARS，也不是魔法師。以原本的指揮系統來說，基地司令官無權命令STARS，但是缺乏軍人資歷的莉娜就任為STARS總隊長之後，基地司令保羅·渥卡不只是輔佐她，進而在實戰以外的實務面管理STARS。

尤其是現在，STARS的第二把交椅，實質上擔任總指揮官的卡諾普斯不在，所以沃卡實際上兼任STARS的指揮官。造成這種事態的直接原因是基地內部出現大量寄生物，但沃卡上校自己沒有化為寄生物。而且從目前能確認的範圍來看，寄生物現階段停止增殖，寄生物的污染也沒有擴散到白宮與五角大廈的跡象。

現在沃卡坐在辦公桌前面仰望天花板。直到剛才都是雙手手肘撐在桌面抱頭。再怎麼苦惱也沒完沒了，所以他正要放棄思考。

他束手無策。原因在於參謀總部強硬下達的命令。他是軍人，所以收到作戰命令就會按照指示行動，並且出動部下。但沃卡剛才收到的指令，是連作戰本身都完全扔給他負責策劃。

USNA軍方高層（政府也是）的對日友好派與對日強硬派處於嚴重的對立。講得更詳細一點，提倡將戰略級魔法師司波達也利用在美國全球戰略的一派，以及主張始終應該把他當成威脅抹殺掉的一派正相互對立。

沃卡自己在這場爭執的立場也不是中立。沃卡上校認為應該除掉達也，無法否認某方面來說是因為混入STARS的寄生物影響到他，不過更重要的在於沃卡身為非魔法師的軍人，一直近距離監視STARS的活動至今，覺得單人能匹敵整支軍隊的戰略魔法師是危險的存在，由此判斷達也過於危險。

基於這層意義，沃卡對達也個人不抱負面情感。背叛美軍的莉娜，以及現階段暗地裡處於合作關係的貝佐布拉佐夫，沃卡認為都一樣應該除掉。

所以參謀總部強硬派今天表現出來的焦慮，沃卡覺得可能太過火了。既然對於新戰略級魔法感到威脅，照道理應該把術士一条將輝以及最終完成該魔法的吉祥寺真紅郎追加到目標清單。司波達也有著技師的另一面，是以前就知道的情報。因為司波達也就是托拉斯．西爾弗。

遏止新蘇聯艦隊侵略的戰略級魔法，如今確認司波達也他也參與研發，就算這麼說，「在一個月內制定除掉司波達也的計畫並且實行」的這個指令，沃卡認為再怎麼樣也是反應過度。不是「在一個月內制定」，而是「在一個月內實行」。

只不過，沃卡不是對上級設定期限感到不滿。

「……當前就期待『illegal MAP』的成果吧。」

恆星爐設施的破壞計畫可惜以失敗收場，不過後續作戰已經安排完畢。即使參謀總部沒有指示，沃卡也一步步布局準備除掉司波達也。

——不需要一個月的期限。

——一定要盡快廢掉司波達也。

沃卡上校收到今天的指令之前，就打算在更短的時間內做個了斷。

◇　◇　◇

達也向深雪約定「今天到此為止」，但他中止的是經由情報次元的間接探索。他不打算停止下午，即使深雪擔心他的身體狀況，達也卻不顧制止，來到富士山西方山麓，穿越青木原樹海的這條道路。是昨天十文字家追跡部隊跟丟光宣的地點。

達也今天也穿著飛行裝甲服「解放裝甲」，卻不是以這套裝備飛過來，而是騎著和這件裝甲成套的特殊機車「無翼」走陸路過來。這是為了避免過於顯眼。

以情報次元為戰場的那場攻防，在最後一瞬間，偽裝水波位置情報的「扮裝行列」消失了。不是達也的攻擊成功。不知道是光宣自己解除，還是基於某種原因無法維持魔法。

無論如何，水波所在位置已經縮小到半徑一百公尺左右的狹小範圍。

（剩下的障礙是鬼門遁甲嗎……）

但是還不能樂觀。達也目前唯一能破解鬼門遁甲的方法，就是從情報次元發射印記。而且無論半徑是一百公尺還是一公尺，只要無法鎖定座標，就無法讓想子彈經由情報次元命中。

（只能對那個區域進行地毯式搜索了，不過……）

建構在這裡的鬼門遁甲結界，是以高度咒具強化，擾亂方向感的魔法迷宮。而且覆蓋一層連偵查衛星都無法辨別的幻影。

（半永久的幻術嗎？真棘手。）

恐怕是以聖遺物等級的咒具維持結界吧。可以說是恆星爐內藏的魔法式儲存系統高階版本。

老實說，達也很好奇究竟是以何種機制運作……

（不過，反正不會是什麼好東西。）

建造這個祕密居所的人，幾乎可以確定是周公瑾。很可能使用了和「施法器」或「魔法增幅器」相同系統的技術。以人類當材料的這些技術在人道上無法利用，以達也個人的情感來說也不想利用。求知的好奇心與個人的好惡屬於不同次元。

話是這麼說，但效果確實強大。使用可視光範圍以外的電磁波或音波觀測，應該也無法揭露位置吧。到頭來，只能接近到能夠感應結界痕跡的距離。

達也騎車衝進幻影樹木並排而成的高牆。

◇　◇　◇

結界發出入侵者接近的警報。

以思念波傳達的警鈴聲，喚醒光宣的意識。

「光宣大人？您醒了嗎？知道我是誰嗎？」

「水波小姐？這究竟是在……」

「啊啊，太好了！」

水波眼眶泛淚露出笑容，從床邊的椅子起身。

「我去端提神的茶過來，請等我一下。」

「水波小姐？」

光宣原本想告知「我意識很清晰」想叫住水波，但是水波先行禮離開寢室了。

（……寢室？）

此時光宣察覺記憶不連貫。

（我原本應該在前院……）

（達也以不明魔法攻擊我，「扮裝行列」差點被破解。）

（我好不容易撐過達也的攻勢……原來如此。）

——我在那個時候昏迷了。

光宣連忙尋找時鐘。

整體來說古色古香的這棟宅邸，各房間與走廊各處設置外型古老的掛鐘（某些掛鐘連內部構造也真的是老古董）。這些鐘也有咒術上的意義，不過指針顯示正確的時間。

現在時刻是下午一點五十八分。雖然不知道昏迷時的正確時間，但至少經過了三個小時。

「結界呢？」

光宣跳下床，感到一陣暈眩，單手按住腦袋。

為了支撐踉蹌的身體，撞倒一旁的單腳邊桌。

幸好桌上沒放任何物品，但是邊桌倒在木製地板，發出相當響亮的聲音。

「光宣大人，您怎麼了？沒事嗎？」

門後大概也聽得到這個撞擊聲吧，隔著門傳來水波慌張的聲音。

「沒事！只是桌子倒了！」

光宣連忙回應以免造成無謂的擔心，卻是反效果。只有助長水波的慌張。

「打擾了！」

房門開啟，水波一臉狼狽地現身。但她依然沒發出噪音，單手拿著的托盤上，茶杯的內容物連一滴都沒溢出。專業侍女的身分可說是當之無愧。

即使看見光宣摔倒的樣子，水波也在最後一線保持冷靜。她將托盤放在寫字桌，跑到光宣身邊。

「真的沒事嗎？您身體還是不舒服吧……？」

「沒事。等我一下……」

水波想扶起光宣，光宣以單手制止，坐在床邊沒逞強自己。

然後他閉起雙眼，意識集中在保護宅邸的結界。

數名魔法師在隱蔽結界外側的不遠處來回。光宣在這時候首度察覺青木原樹海正在被軍方搜索。

只不過他沒因而慌張。昨天直到逃進隱蔽結界，十文字家的車輛都在追蹤光宣。樹海成為搜索對象是在預料之內。光宣自信即使受到大規模的搜索也不會被找到，才會選擇這裡藏身。

比起這個，他更關心的是——

（……好，「鬼門遁甲」依然有效運作中。）

隱藏這座宅邸的「鬼門遁甲」魔法有沒有被破解。講得更詳細一點，就是來到這裡搜索的達也，是否使得隱密結界的術式失效。

對於達也來到這裡調查，光宣毫不懷疑。在情報次元的攻防，光宣認為暫且是自己獲勝，同時也確信達也不可能就這樣收手。

光宣自從清醒，就一直克制內心想將「眼」朝向達也的衝動。若是自己投以「視線」，達也就會循著視線反向查出這座宅邸的位置，光宣得迴避這個風險。相對的，光宣預先在結界設定，以十六層組成的隱密術式每被突破一層就會傳送警報給他。

會突破結界的魔法師只有達也。光宣是這麼認定的。客觀來看，光宣出現視野狹隘的症狀，總之他認為只要結界被突破，就是達也接近的證據。

目前還只有最外層的術式被突破，而且這層術式短時間內就自動修復——還不成問題。

光宣終於取回足以看向水波的餘力。

◇ ◇ ◇

光宣取回餘力，反觀達也愈來愈覺得自己陷入死胡同。

架設在此地的隱蔽魔法，陣地規模遠大於他的預測。

達也認為只要接近到囚禁水波的祕密居所附近，就能以某種形式察知魔法改變事象的跡象。但是實際上，即使他穿越先前所查到半徑一百公尺的領域，也只有數度感應到幻術的存在，解除該幻術也沒獲得進一步的線索。

達也無法否認自己準備不足。但是在這之前，他得承認自己太小看東亞大陸流的古式魔法。

古式魔法的基本原理也和現代魔法相同，這部分沒有懷疑的餘地。然而即使根源相同，現代魔法與古式魔法也是不同的技術體系。此外就算同樣歸類為古式魔法，國內的古式魔法和東亞大陸的古式魔法在竅門上也不一樣。

多花時間深入理解就算了，毫無準備就覺得可以當場解除不同體系的術式，怎麼看都是過度自信。達也露出自嘲的苦笑這麼想。

（應該更認真研究周公瑾與顧傑的魔法嗎……）

達也沒這種時間。他在自己的自由時間，將所有腦力資源投注在ＥＳＣＡＰＥＳ計畫。

達也肯定也明白，自己沒有這種餘力。

即使如此，他還是不得不感到後悔。

到最後，達也沒能在半徑約一百公尺的狹小土地，找到囚禁水波的祕密住所。

◇　◇　◇

另一方面，拔刀隊花費一整天仔細搜尋，而且範圍比達也還廣，卻也找不到光宣所在位置的線索。拔刀隊憑著本次的搜索，做出「九島光宣沒躲在青木原樹海」的結論。

◇　◇　◇

下午五點過後，國防軍的搜索隊撤離樹海。光宣刻意不去「看」達也的動向所以不知道，不過對於隱蔽結界的干涉在下午三點過後就停止。今天沒有任何人找到這裡，光宣鬆了口氣。

光宣位於兼用為寢室的書房，是周公瑾準備給自己用的房間。這裡也擺放周公瑾生前工作使用的辦公機器與通訊機器，現在還是能用。

媒體沒報導周公瑾的死。他原本就不是名人，而且為了守住身體不會老化的祕密，經常得長時間銷聲匿跡，所以他經營的橫濱中華街餐廳早就建立起老闆不在也能繼續營業的體制。

而且周公瑾是大亞聯盟非正式的逃亡掮客，當局為了舉發偷渡管道而巧妙隱瞞他的死。

這些隱情層層相疊，所以周公瑾的客戶不知道他的死。

因此，至今周公瑾的帳號依然會收到客戶向他的委託。在光宣使用的這個房間也能接收並且解碼內容。

光宣在桌子前面伸懶腰的時候，這則訊息傳到周公瑾的終端裝置。光宣以毫無熱忱的表情瀏覽解碼的字句。光宣沒要接手周公瑾的工作，所以提不起熱忱也可以說是理所當然。

然而看完內容一遍之後，光宣表情變得嚴肅。只不過不是因為他開始想做生意，是因為內容不是單純的逃亡委託。

這段訊息是大亞聯軍祕密特務部隊寄來的委託。

「希望支援那邊的特務潛入嗎……記得這個署名是大亞聯軍特務部隊指揮官陳祥山。這麼一來，想派來潛入的特務是『食人虎』呂剛虎嗎……」

首先引起他注意的，是這則訊息顯示某個會造成日本嚴重損害的陰謀。光宣認為從國家利益的觀點不能置之不理。

但他立刻逆向思考。自己已經連人類都不是，即使陳述對於祖國的愛也肯定沒人理會，不如換個心態思考是否能利用這個陰謀爭取時間。

大亞聯盟的陳祥山，希望這邊協助特務潛入小松基地。雖然沒有提到進一步的細節，不過大亞聯盟的國家公認戰略級魔法師劉麗蕾逃亡到日本，正在小松基地接受庇護，如今這是公開的祕密。日本政府沒有正式承認，但這個事實以獨家新聞的形式傳遍網路世界。大亞聯盟的目的應該是奪回或暗殺劉麗蕾。

光宣認為很可能是後者，但無論是哪一種，國防軍肯定會阻止陳祥山的企圖。如果呂剛虎成功偷渡入境，肯定會演變為激戰。

達也曾經和陳祥山與呂剛虎有段過節，肯定不能完全無視於他們的猖獗。一部分也好，只要能讓達也的注意力轉移過去，或許就有機會從這裡移動到下一個祕密住所。

光宣判斷已經很難繼續待在這裡。「扮裝行列」與「鬼門遁甲」都無法阻止達也太久。光宣有這種預感。

光宣使用周公瑾的簽名回覆陳祥山，答應接下這份委託。

[6]

七月十日，星期三的清晨。

達也久違造訪八雲的寺廟。

「……總歸來說，是要我教你怎麼破解『鬼門遁甲』是吧？」

「是的。」

不是為了修行體術。是為了打破僵局，前來請古式魔法的權威——八雲賜教。

「你肯定知道自己沒資格這麼要求。」

然而八雲的回應是冷漠的拒絕。

「我知道。但還是務必拜託您通融一下。」

達也他也早就猜到會被拒絕。

而且也不打算輕易退縮。

「嗯……為什麼？」

達也不知道八雲這麼問的意圖。

「為了帶回被九島光宣抓走的水波。」

因為無法理解，所以只能這麼回答。

「我不懂……」

八雲並不是在嘲弄達也，是打從心底納悶。達也同時也隱約感覺到這一點。

「你為什麼非得為了櫻井水波做到這種程度？你這是在扭曲原則求取知識。明明知道會被要求龐大的代價。」

「因為水波是自家人。」

「錯了。她只是傭人。」

這句話撼動達也內心到不可思議的程度。

不是對八雲的說法感到憤怒。

「你的家人肯定只有深雪。你肯定只要保護深雪就好。」

「這……」

說到救回水波的理由，達也光是現在想到的就能舉出三個。

第一，她即使不是家人，這兩年也是等同於家人的存在。

第二，水波陷入現在的狀況，是因為她保護達也與深雪不受貝佐布拉佐夫的魔法襲擊。

第三，深雪希望能救回水波。

但是，即使不惜疏於護衛深雪，不惜欠八雲人情，達也他也非得這麼做嗎？如果有人這麼問，達也無法立刻點頭。

「水波可不是穗波啊。」

達也喘不過氣。

「——這是當然的。」

沒錯，這是當然的。當然早就理解這件事才對。

但是這句話對達也內心造成沉重的打擊。

「是嗎？」

「…………是的。」

重創到八雲再次確認時，達也無法立刻回答。

「嗯……我還是無法回應你的要求。如果你堅持，那就去剃光頭吧。如果你出家拜我為師，你想學多少我都肯教。」

若是成為八雲的徒弟，和俗世的來往將會受限。別說救出水波，連保護深雪的自由都失去。

達也不可能答應。

◇◇◇

沿著日本海南下的USNA空母「獨立號」，在七月十日上五六點停在山形縣外海。這個位置可以從側面牽制能登半島外海布陣的新蘇聯艦隊。飛行甲板上的艦載機以隨時可以起飛的狀態待命。

上午七點。新蘇聯軍侵略艦艇之中，最後列的空母及其護衛艦開始撤退。

上午九點。政府召開記者會，發表新蘇聯艦艇全面撤退的消息。

警戒態勢依然持續。新蘇聯艦隊先前蜂擁而至，是因為日本政府拒絕他們引渡大亞聯盟逃亡犯的要求，這個狀況沒有變化。但是戰爭狀態中斷了。緊張與警戒稍微放鬆是在所難免，也是社會活動回復正常的必備要素。

上午九點半，政府宣布空路與海路回復正常。暫時變嚴格的入境審查回到原本的基準。一小時後，鄰近的亞洲各國飛機開始飛來日本，日本海這邊的港口也看得見漁船或貨船出入。

國防軍的情報部或警察的公安部門也沒有疏於警戒。不過在這段時間，必須從愈嚴格規範愈好的戰時體制，移轉到必須看清經濟活動不受阻礙之底線的準戰時體制，負責警戒的這邊難免或多或少陷入混亂。

他們正是鎖定這個時機。

上午十點。呂剛虎率領的大亞聯合特務部隊少數菁英，從松江港偷渡入境。

上午十一點，從台北機場（台灣桃園國際機場）起飛的客機降落在羽田機場。通關入境的乘客之中，混入USNA非法戰鬥魔法師部隊「illegal MAP」所屬「馬頭」分隊的十名成員。

認為空母「獨立號」參戰是特務潛入任務一環的國防軍幹部與防諜負責人，包括一〇一旅的佐伯少將在內，完全被對方將計就計。

◇◇◇

時間稍微往前推。

空路回復正常沒多久，一架小型客機從羽田機場起飛前往伊豆群島。講得更詳細一點，目的地是巳燒島。乘客是防衛省的職員，目的是對於前天某「不明國籍」艦艇的侵略進行被害調查，並且實施對策以備再次侵略。

派遣過來的職員名為新發田勝成。是四葉分家新發田家的下任當家，也是誇稱分家之中戰鬥力最強的魔法師。

「勝成大人，歡迎您的蒞臨。」

「作間，前來迎接辛苦你了。」

在小型飛機專用機場迎接勝成的，是長年服侍新發田家的傭人。新發田家沒有四葉本家那種「管家」，不過名為「作間」，年約五十的這名男性，在新發田家擔任的職責等同於本家的葉山管家。

勝成表面上的身分是任職於防衛省的職員，暫時滯留巳燒島也是身為公務員的出差。像這樣接受私下的款待，原本肯定會落人口實，但是場中沒人抨擊，也沒人隱藏批判之意。

這也是當然的。在機場迎接他的，盡是新發田家的相關人員。

巳燒島實質上是四葉家擁有的島嶼。表面上的地主是總公司設在東京的不動產公司，不過那間公司完全在四葉家的掌控之下。

直到前天，這座島是由同為四葉分家的真柴家管理。不過STARS的侵略使得真柴家不少人受傷，所以改由新發田家管理。真柴家本來就是擅長以精神干涉系魔法監視與追蹤的分家，新發田家則是擅長實戰（相互廝殺或破壞）的分家。依照先前的計畫，這座島的職責從犯罪魔法師監獄改成四葉家祕密研究據點的時間點，就會由真柴家交棒給新發田家。

勝成帶著前任守護者暨現任未婚妻的堤琴鳴，以及琴鳴的弟弟暨現任勝成守護者的堤奏太，搭車前往島嶼的管理設施。

收到勝成抵達的通知時，莉娜已經在自己房間打包行李完畢。

「隨時都可以出發。」

莉娜以稍微故作鎮重的語氣，對如今逐漸成為達也親信的花菱兵庫這麼說。兵庫今天負責帶她前往東京。

「那麼，我們走吧。」

兵庫拉著莉娜的行李箱，按住房門催促她。

莉娜在玄關轉身看著沒住滿一個月的臨時居所，嘴裡不知道在呢喃什麼，然後離開房間。

◇◇◇

莉娜在正午前抵達調布的四葉家東京總部。她將行李交給兵庫處理，首先造訪達也與深雪的住處。

「所以，我為什麼被叫來東京？」

然後現在，她和達也兄妹坐在同一張餐桌旁。莉娜被帶進屋內的時候，已經連她的午餐都準備好了。

「想拜託妳護衛深雪。」

達也的回答直截了當，但即使不是莉娜，光聽這句話應該也無法接受。

「……告訴我詳情。」

莉娜當然要求說明。

不用說，達也在這方面不厭其煩。

反魔法主義者的刺客、企圖綁架深雪的外國特務或是反政府恐怖分子，可能會在媒體蜂擁採訪新戰略級魔法的時候混進來襲擊。達也擔心這件事，不是為了擊退他們，而是為了迴避危險，需要藉助莉娜的「扮裝行列」。

達也老實說出委託她護衛的理由。雖然不是全部，卻是不會令莉娜感覺說明不足的程度。

「……知道了。不過，可以嗎？我出現在別人面前，對你們來說很不妙吧？」

身為USNA戰略級魔法師「安吉・希利鄔斯」的莉娜，現在是美軍的逃兵。雖說逃兵的事實沒公開，但USNA政府強硬要求日本政府引渡「安吉・希利鄔斯少校」。要是藏匿莉娜的行為曝光（現狀是「公開的祕密」），達也可能會同時和本國政府與美國政府為敵。

對於達也來說，這肯定不是能樂觀看待的藍圖。

「無妨。」

即使如此，達也的回應依然毫不迷惘。

「軍方與政府都知道我們藏匿妳。不過美國要求引渡的是『安吉·希利鄔斯少校』。只要妳沒主動承認『我是安吉·希利鄔斯』，美國政府與日本政府在檯面上都無法向妳出手。」

「我不會做那種事啦……不過，在檯面下呢？」

「如果是背地裡搞鬼就不足為懼。」

達也毫不猶豫斷言，莉娜聽完，臉頰微微抽動。

「是……是嗎……？如果你可以，那我也不介意。」

「感謝。」

「莉娜也不怕政府啊，真可靠。」

至今默默聆聽達也與莉娜對話的深雪，忽然朝莉娜露出笑容。這句發言有點唐突，但莉娜沒反問深雪箇中含意。

「畢竟我在巳燒島也被大家看見了。」

要是所在地曝光，日美當局都會鎖定她。這種事無須重新說明。

「即使就這麼繼續躲在那裡，我覺得也只會有新的刺客被派過來。那還不如來到大城市的市中心，這麼一來下手的一方也不能太高調行事吧？」

只是她的語氣有點自暴自棄。

「所以，具體要怎麼做？深雪每次出門，都用『扮裝行列』讓她變身就好嗎？」

莉娜轉頭看向達也，回到正題。

「沒錯。」

達也點頭回應她的問題。當然不是只以點頭做結。

「希望妳重新轉入第一高中。」

「咦？意思是要我當女高中生？」

「……為什麼這麼驚訝？」

深雪忍不住插嘴問。

達也這句話有點冷不防，但深雪覺得即使如此，莉娜也太吃驚了。

「因為，事到如今居然還要上高中……」

「？」

深雪無法理解莉娜在猶豫什麼，大幅歪過腦袋。

「莉娜，妳和我同年吧？我覺得上高中也不奇怪……難道說，妳謊報年齡？其實比我們大很多？」

「我沒做那種事啦！我千真萬確還是十七歲！」

現在是七月。一月出生的莉娜，和三月出生的深雪一樣，還沒迎接十八歲的生日。

「既然這樣，有什麼問題嗎？」

「出任務就算了，事到如今居然還要上高中……」

「……明明已經在工作了卻還上學……像是這樣嗎？」

「工作……呃，嗯，差不多。」

「但我聽說在美國，退役軍人經常重回大學或商學院念書啊？」

「大學的話就沒關係啦！」

「也就是說，妳在意的是『高中』？」

「沒……沒錯……」

深雪看向莉娜的視線不經意變得冰冷。莉娜覺得深雪在傻眼，這應該不是她想太多。

「莉娜，要妳再度轉入第一高中，是護衛工作的一環。」

達也加入一起說服莉娜，應該是覺得這樣下去沒完沒了吧。

「雖然不是出任務，但這是完成委託工作的手段。只要這麼想就不必注重體面吧？」

「工作……也對。我接下護衛的工作，所以對工作所需的事情感到不好意思是錯的。」

莉娜對自己這麼說的時候，表情不知為何好像很開心。莉娜說不定本來就想再就讀第一高中一次？達也與深雪都這麼想，但是沒有多嘴。

「接受了嗎？那現在就去一高吧。」

「咦？馬上去？」

達也說完，莉娜睜大雙眼反問。

「嗯。關於妳再度轉入，已經私下取得校方許可了，不過照道理還是要帶當事人去拜託。」

「這個嘛，說得也是。」

大概是覺得有道理，莉娜沒反抗。

「深雪也會一起去。莉娜，雖然很趕，但是拜託了。」

達也提出這個要求。

「要用『扮裝行列』變更深雪的外表是吧，交給我吧。」

莉娜鼓足幹勁點頭。

達也、深雪與莉娜三人，由達也駕駛房車款式的自動車，沿著中央自動車道西進。目的地是八王子的國立魔法大學附設第一高中。

這輛車不是飛行車，是普通的電動自動車。說來可惜，飛行車基於構造，實際上只能兩人搭乘。雖然姑且有後座，不過第三人硬要上車的話會很擠。目前在巳燒島的研究設施，正快馬加鞭組裝真正「四人座」的飛行車，但預計還要十天左右。

所以今天不是搭乘飛行車，而是搭乘普通的電動房車外出。只不過，這裡說的「普通」是

「只能走地面道路」的意思，引擎馬力是最高等級，防彈、耐撞與毒氣過濾之類的乘客保護萬無一失。

平常固定坐在達也身旁的深雪，今天也和莉娜一起坐後座。像這樣並肩而坐，看起來甚至像是異色雙胞胎。

亮棕色的頭髮綁成馬尾，淡褐色的雙眼，長相酷似莉娜的少女。這是深雪以莉娜的「扮裝行列」變身後的樣子。頭髮與眼睛顏色，髮型與髮質都不同，但除此之外要說如出一轍也不為過。

「這個樣子看起來，只覺得是血緣相近的親戚。」

達也從後照鏡看向改變外表的深雪與維持原樣的莉娜，說出這樣的感想。這麼說的達也自己也是完全改變形象。現在的他是俊美的異國青年。給人的印象可以說和平常完全相反。

「像到這種程度，不會反而顯眼嗎？」

同樣是美少女，形象卻從「靜」大幅改變為「動」的深雪，詢問將視線轉回前方的達也。

「不，顯眼到某種程度，我覺得更能讓別人在看見的時候確信是別人。迴避他人目光的人，正是為了避免顯眼才偷偷摸摸……這種先入為主的觀念，也能以這種方式反其道而行。」

「是這麼回事嗎……」

深雪雖然不是完全被說服，總之表態接受之後不再多問。

「只不過，我無法理解莉娜為什麼拿自己的外貌當範本。」

「……你有意見的話可以換。」

聽到達也這麼說，莉娜露出賭氣的表情，轉頭看向車窗外。

「沒這個必要。」

達也沒特別討莉娜歡心，以冷淡語氣回應，也沒有進一步出言打圓場。

「……從零開始設計一個完全虛構的人物很辛苦。」

覺得尷尬而開口辯解的是莉娜。

「以每天照鏡子看見的自己當範本比較輕鬆是吧？」

「畢竟深雪和我也差不多高。」

如莉娜所說，兩人的身高差不到一公分，三圍也幾乎一樣。唯一差別在於深雪胸部大一點，不過也是衣服穿搭得宜就無法區分的範圍。對於莉娜來說，參考自己的身體製造幻影套在深雪身上，確實是最簡便的做法吧。

「哥哥的外型，也是以妳的親友當範本嗎？」

深雪的詢問暗藏不滿，她不太喜歡達也現在的外型。題外話，深雪在莉娜面前不是使用「達也大人」這個稱呼，而是「哥哥」。接下來這段時間就像是和莉娜住在一起。與其一直掩飾，不如當成「以前的習慣改不掉」才是上策。這是深雪和達也討論過的結果。

「達也的臉是新墨西哥的年輕音樂人。他只唱現場，沒在電視或網路露臉，所以不必擔心穿幫，即使有人知道，也因為髮質與體格不一樣，肯定可以解釋成偶然相似。」

「……不就是偷懶省工？」

「這也沒辦法吧？我又沒幫男人扮裝過。」

深雪以傻眼語氣批判，莉娜坦承不諱。

◇　◇　◇

達也他們正要出門時，第一高中通知明天恢復上課。但反過來說就是停課到今天。不只是學生，教師與職員也沒到校，校內只有警衛以及有特別工作的教職員。

即使如此，達也他們搭乘的電動房車很乾脆地獲准通行。出示給警衛的身分證和開車的達也長相不同，不過大概是事先說明會喬裝到校的預告奏效，是以靜脈認證核對身分通過。

電動車停在停車場，三人從教職員用的中央玄關進入校舍。在櫃檯職員的目睹之下，深雪抽掉酒紅色的髮圈解開馬尾。

亮棕色的直髮放到背後，長髮隨即染成黑絲絹的顏色。淡褐色的瞳孔成為黑曜岩的漆黑，臉蛋也是完全改變，只維持美少女的共通點。

站在那裡的是職員也很熟悉的第一高中現任學生會長。

三名職員大概都被她的變化奪走注意力吧。職員以「你什麼時候進來的？」的眼神，看向出現在深雪身旁的達也。

對於投向自己的疑惑視線，達也感到滿足。看來自己的偽裝順利騙過他們了。達也沒透露這句心裡話，委託窗口職員轉告「想和校長面會」。

「我幫你問問。」

職員沒因為對方是學生就擺出馬虎態度。接受達也要求的女職員起身從走廊的門走出來，站在帶領達也等人的位置。

達也交由她帶路。

校長室距離一樓的中央玄關沒有很遠。大概是事務室以內線電話通知達也等三人來訪，女職員敲完門立刻得到回應。

「打擾了。」

三人將職員留在走廊，以達也、莉娜、深雪的順序入內。順帶一提，達也與深雪身穿夏季制服，但莉娜是正式女性上衣、細絲帶領結加上過膝百褶裙的服裝。

在室內等待他們的是坐在辦公桌後方的百山校長，以及站在辦公桌旁邊的八百坂教頭。

「過來。」

百山就這麼坐著，以高傲的語氣下令。

達也聽話走到辦公桌正前方。他的右後方站著莉娜，左後方站著深雪。

「感謝您今天在百忙之中抽空給我們。」

達也鞠躬致意，深雪與莉娜也配合他恭敬行禮。

「你這趟前來的用意，我聽令堂說了。」

百山沒浪費時間在禮儀上。

「那麼我重新向您報告。今天和我一起過來的這位安潔莉娜・庫都・希爾茲，可以請您收容她為本校學生嗎？」

「我知道隱情。」

百山回應之後不是朝達也，而是朝莉娜投以洋溢犀利光芒的雙眼。

這股魄力使得莉娜不禁繃緊身體。

百山維持嚴厲表情，以嚴肅語氣對莉娜開口。

「這所第一高中是學校，我是教育者，不會拒絕求學的人。如果妳真的有心想以高中生的身分學習，我會以第一高中負責人的身分收容妳。」

「我有這個心！」

莉娜立刻回答。氣勢強到連她自己都沒想到。

莉娜對自己的反應吃驚時，百山臉上沒有一絲笑容，卻還是滿意點頭。

「老實說，防衛省施壓要我別讓妳入學。」

「這……抱歉為您添麻煩了。」

達也難掩驚訝。他也沒想到軍方會採取如此不顧一切的態度。

「司波同學，你不必謝罪。我當然不打算聽從這種蠻橫的要求。」

百山臉上依然沒有笑容，但同時也沒有怯懦或虛張聲勢。

「即使是魔法師，也不能被剝奪接受教育的機會。希爾茲小姐，這也是你爺爺九島健先生的信念。」

「……您認識爺爺？」

「出生為魔法師的青少年應該如何施教？妳爺爺和我曾經一起摸索這個問題，他對我來說是值得尊敬的年長好友，就像是我的哥哥。」

懷舊的心情化為慈祥的光芒，表現在百山雙眼。

莉娜就只是對這份意外的緣分備感驚訝。

「妳爺爺九島健的哥哥九島烈，為了保護魔法師的權利而賭上自己的地位戰鬥，九島健本人高聲主張魔法師也必須接受一般人的教育。代價是九島烈非得被拔除少將地位，九島健在這之前就被派往美國，實質上等於被驅離日本。但他的行為沒有徒勞無功。這所魔法大學附設高中能以現在的方針經營，正是九島健的主張多少獲得認同的結果。」

「我不知道這件事。」

「因為這件事嚴禁公開洩漏。」

達也率直的這句話，引得百山首度露出笑容。

不過是名為苦笑的笑容。

「我的信念也和九島健一樣。所以希爾茲小姐，我不會讓軍方損害妳受教育的權利。無論是哪一國的軍方都不例外。」

「……謝謝您。」

莉娜一臉順服地低頭致意。

「不過……」

百山的話還沒說完。

「如果查出妳的目的不是求學，也不得期待能接受任何保護。」

「我想求學的心情是真的，我想『再度就讀』這所學校。」

「我百山東就實現妳的心願吧。不過條件當然是通過插班測驗。」

「那麼，您願意讓她接受插班測驗是吧？」

莉娜沒預先說好就展現此等熱誠，達也即使感到驚訝依然壓抑心情，以沉穩的語氣詢問。不是問百山校長，而是八百坂教頭。

「如果希爾茲小姐不介意，那麼事不宜遲，請她明天就接受插班測驗。」

「明天……」

莉娜態度大變，以僵硬的聲音低語。這不是發問而是自言自語，但是八百坂沒在意莉娜的語氣與用詞，朝她露出笑容。

「測驗科目是魔法理論與實技。只要妳維持一年級的學力就肯定能合格。是否合格是當場判定，所以快的話妳後天就可以上學喔。」

「……我會努力。」

莉娜回應的語氣有點緊張。

走出校長室之後，莉娜鬆了口氣。看來她一直在緊張。應該是因為和軍務不同吧……達也與深雪朝善意方向解釋，都沒有提及這件事。

「莉娜，沒問題的，我來教妳。」

「唔……」

莉娜瞬間透露想逃走的跡象。

「……嗯，拜託了。」

不過到最後，她露出認命的表情點頭。

「那就立刻回去用功吧。」

達也帶深雪過來的其中一個意圖是測試「扮裝行列」，另一方面則是確認是否能使用學生會室，可以的話調出考古題擬定插班測驗的對策。可惜即使是學生會長深雪，也不能擅自使用停課中的學校設施。既然這樣就沒理由留在校內。

「莉娜，拜託了。」

「ＯＫ。」

莉娜回應達也聲音的同時，深雪以戴在手腕的海軍藍髮圈，將頭髮綁成馬尾。

莉娜視線看過來，深雪點頭回應。

變化只在一瞬間。

深雪的黑髮變成亮棕色。

綁住頭髮的髮圈變成酒紅色。

眼睛變成淡褐色。

站在該處的是長相酷似莉娜，完全不同於深雪的另一人。

「不管看幾次都神乎其技。」

說出這個感想的達也，也變成俊美的異國青年。連聲音都變得符合長相給人的感覺。

「適合我嗎？」

深雪以別人的臉蛋與別人的聲音問。

「不，我認為原本的面容最適合妳。」

「……謝謝。」

不過，靦腆的表情與動作一如往常。

莉娜看著兩人的憔悴臉蛋也一如往常。

◇◇◇

回到大樓的深雪，沒休息就把莉娜拖進自己房間。正如她在一高校舍裡的宣言，這是為了讓莉娜準備考試。

插班測驗是明天，已經剩不到半天的時間。達也覺得現在臨時抱佛腳也沒什麼意義，卻沒有阻止。這是深雪提議，莉娜接受的事。達也沒道理可以妨礙。

達也現在獨自來到大樓內部訓練用樓層的「冥想室」。這裡正如其名，是當成魔法訓練一環的冥想用房間。只是這個世界可不像電玩常見的那樣，具備光是冥想就能提升魔法水準的系統。冥想始終是鍛鍊精神力以便控制魔法的手段之一。

造成分心原因的外部光線、聲音、振動全部隔絕，室內維持固定溫度以及一定以下的寂靜。

環境完善到很適合使用需要高度集中精神的魔法。

達也來到這個房間的目的不用說，正是要查出水波現在的位置。但他今天不考慮像昨天那樣強行突破光宣的偽裝魔法。

昨天到最後在「扮裝行列」解除的狀態取得水波的位置情報，不過即使到現場搜索，到頭來還是沒找到光宣的祕密居所。除非找到方法能讓周公瑾親手建構的隱蔽魔法陣地失效，否則光是破解「扮裝行列」恐怕也沒有意義。達也在先前的搜索體會到這一點。

不過昨天也獲得有意義的成果。雖然沒取得水波完整的座標情報，卻成功得到除此之外關於水波現在狀態的情報。

水波依然是人類。

沒成為寄生物。

達也不知道如何經由情報次元阻止寄生物化，甚至不確定是否做得到這種事。但光是確認拯救對象平安無事就有意義。只要知道還來得及，就不會因為灰心或迷惘而失去用來拯救的氣力。

達也直接坐在木質地板。四坪大的房間現在只有他一人。

深雪不在伸手可及的距離，所以不能把「精靈之眼」的所有能力灌注在水波的搜索工作。不過達也從昨天的經驗得知，即使將知覺能力的資源分配到深雪身邊的警戒，也可以連結到水波的情報體。

達也將「精靈之眼」閒置的資源總動員，以「眼」看向水波。

（肉體資料維持人類的形式。）

（想子波形也沒出現寄生物的特徵。）

首先確認水波還沒化為寄生物。

（座標情報沒有變化。依然在青木原樹海，誤差範圍約半徑一百公尺。）

（——座標變了？光宣察覺我的視線嗎？）

達也知道光宣開始以「扮裝行列」妨礙探索。和昨天不同，達也在偽裝生效之前就認知到藏身的區域，是因為他已經「看見」一次。

（即使遭到「扮裝行列」的妨礙，也可以讀取水波的身體情報。）

達也知道昨天自己只顧著專心查出水波所在處，所以沒能清楚認知其他部分。他反省自己昨天不夠冷靜。

達也將自戒的念頭收在意識裡的某區域，同時繼續觀察。

光宣的魔法隱約晃動，達也推測可能是沒遭受這邊的攻擊而困惑。多虧稍微缺乏穩定性，感覺比昨天更清楚「看」見「扮裝行列」的構造情報。

（和莉娜的術式差很多……嗎？）

偽裝情報體的效果相同。但是實現這個效果的細部程序有幾個差異。達也「看」來是如此。

（這樣的話……可以分解嗎？不，還不夠。）

和昨天比起來，達也獲得更詳細解析光宣魔法式的手感。但是還不足以分解魔法式的構造，需要更詳細的構造情報。

達也更仔細以「眼」凝視。

然而，光宣的魔法只晃動到這裡。

他的「扮裝行列」取回穩定性。

窺視構造情報的「縫隙」關閉了。

達也試著間接使出「術式解散」。

從「事象已經進行改變」的情報，分解造成事象改變的情報體。從情報體的活動記錄分解情報體本身。這是達也和艾克圖魯斯的幽體交戰時靈光乍現習得的技術。這項技術繼續發展，將會成為分解「情報」這個情報體的魔法——

（——不行嗎？）

現在的達也別說分解精神體，甚至也無法分解隱藏所在處的魔法式。

不過達也先前受到教訓，這次沒焦急。

他決定暫時中止搜索。

（既然無法以觀察取得詳細情報，不能以其他手段獲得魔法式的構造資料嗎？）

光宣使用的是九島家的術式，這應該沒錯。莉娜的「扮裝行列」術式和光宣不同，肯定是因為莉娜的爺爺，也就是九島烈的弟弟九島健前往美國之後，九島家改良了原本的術式。

即使光宣另外自行改寫，推測也不會相差太大。光宣再怎麼聰明，肯定也無法輕易超越九島家——九島烈長年以來的琢磨。

如果可以從九島家取得「扮裝行列」的魔法式，破解光宣偽裝的可能性不就增加了嗎？達也解除冥想姿勢從地板起身，同時開始檢討交涉的步驟。

◇　◇　◇

達也長達一小時多的攻擊停止之後，光宣長吐一口氣放鬆肩膀。原本以為自己是背靠躺椅以輕鬆姿勢坐著，但看來不知不覺就使力了。他放鬆全身，重新讓身體靠在椅背。

今天的攻擊沒有昨天那種壓力。光宣只在結束前的那次真正感受到壓力。這令光宣覺得毛毛的，甚至覺得達也或許不是在攻擊，只是在觀察。

話是如此，光宣也不想樂觀看待。即使只是觀察，肯定也基於某種目的。說不定正在尋找光宣沒察覺的「扮裝行列」弱點。達也的視線之所以消失，或許是已經發現他在找的東西。

不過光宣對自己使用的「扮裝行列」有自信。光宣使用的「扮裝行列」術式是第九研開發，再由爺爺九島烈再三改良提高完成度的魔法。

據說叔爺昔日是比爺爺更優秀的「扮裝行列」使用者。爺爺之所以持續改良魔法式，光宣認為或許就是為了推翻這個評價。他認識的「爺爺」有著自尊心高的這一面。

譽為「世界最巧魔法師」的爺爺嘔心瀝血提高完成度的這個魔法，光宣認為即使是達也，也無法在魔法式本身找到缺點。

即使如此，不怕一萬只怕萬一。雖然這個場所還沒被發現，但是達也與十師族都知道他們逃進樹海，為求謹慎應該要轉移陣地，這次不能被追蹤——光宣是這麼想的。

協助呂剛虎偷渡入境，是要將國防軍的視線，最好連十師族的注意力都朝向那一邊。為了讓這個伎倆變得完美，光宣從躺椅起身，面向桌子開啟匿名通訊的專用軟體。

◇◇◇

七月十日下午五點。

駐留在鄰接東富士演習場的基地，國防陸軍第一師團游擊步兵小隊，通稱「拔刀隊」的宿舍裡，洋溢著徒勞無功的氣氛。

他們逗留在這座基地，是要逮捕殺害國防陸軍前將官九島烈的寄生物——九島光宣。

抵達這裡的日期是七月三日，包括這天在內的這六天毫無線索，只能愁悶待在基地，不過昨天他們從十師族十文字家那裡獲得目標正躲在青木原樹海的情報，所有人鼓足幹勁出動搜索。

然而結果是撲了個空。

即使徹底進行搜索，但別說祕密居所，連一條車輪痕跡都找不到。

雖然沒有隊員懷疑十文字家放的是假消息，不過半自暴自棄嘲笑十師族這次也苦吞敗績的隊員不在少數。

小隊幹部的結論是「九島光宣沒躲在青木原樹海一帶」。逮捕九島光宣的任務回到起點。

今天所有人受命在宿舍待命。雖然無法自由外出，但是實際上是休假。沒有隊員從白天就喝酒，不過大概也因為昨天累了，整體來說感覺滿懶散的。

這樣的他們在傍晚收到一則繃緊身心的消息。

緊急被召集到簡報室的隊員們臉上沒留下疲勞的痕跡。看來大家都有效利用了一天的假期。另一方面肯定也是從本次的緊急召集猜想事態非同小可。

小隊長上台命令所有人坐下。他簡短講段開場白就進入正題。

「大約一小時前，本基地收到一則寄件人不明的電報。」

將近三分之一的隊員和同僚轉頭相視。還沒議論紛紛之前，小隊長繼續說明。

「在情報部分析之後，雖然還是不知道寄件人，但是電報沒暗藏惡意程式。至於最重要的內容……」

小隊長停頓片刻，環視在座的隊員們。簡報室充滿緊張感。

「大亞聯盟的特務部隊在今天偷渡入境。目標是暗殺逃亡到我國的戰略級魔法師劉麗蕾。率領特務部隊的是呂剛虎。」

這次眾人真的議論紛紛。和正規隊員們一起聚集在這裡的千葉修次與渡邊摩利也異口同聲輕輕說出「呂剛虎……」三個字。

小隊長下達的命令是支援迎擊大亞聯盟特務部隊。第一目標是防守收容劉麗蕾的小松基地，第二目標是逮捕或殺害呂剛虎。

為此，「拔刀隊」半數成員被派往小松分頭行動。明天出發。修次與摩利也名列其中。

◇ ◇ ◇

修次在房間打包行李準備明天移防時，響起敲門聲。

這裡是床與衣櫃就填滿一半空間的狹小房間。修次走三步站在門前，回應「請進」的同時握住門把往前推。

外開的門拉開一條門縫，站在走廊的女隊員現身。

「修，我可以進去嗎？」

「當然。」

造訪房間的是修次的女友摩利。

「打擾了……」

摩利的語氣之所以有點猶豫，是因為她認為夜已深了，而且修次肯定也忙著為明天做準備。

「摩利，妳行李打包完了？」

「當然，已經好了。」

「不是只隨便把衣物塞進包包嗎？」

修次這麼問，是因為他知道摩利「極」不擅長整理物品。

「沒……沒禮貌。我也是女性喔。」

「抱歉抱歉。但我覺得就算是女性，也沒規定必須做好收拾與整理就是了。」

修次是笑著道歉。摩利之所以沒生氣，是因為她被愛沖昏頭，而且修次沒有完全說錯。

摩利自覺是「不會整理的女性」。但這裡是軍隊宿舍，不能當成自家公寓搞得邋遢散亂。所以她每天只要衣服洗好，牙刷與梳子晾乾就收進包包。

換句話說，摩利就像是每天都在準備旅行。她在短時間內就完成明天的準備正是這個原因。

「不提這個，要商量什麼事？」

修次收起笑容詢問摩利。以他的立場，即使沒事也想看看女友，如果摩利是閒著過來找他更令他高興。

但他的女友個性正經，在出動期間這麼晚來找他，不可能只是來玩的。

「我想聽聽你的意見……」

修次以手勢邀摩利坐下，她就這麼聽話坐在床邊，做出正如修次預測的回應。

「關於明天的出動……有沒有可能是聲東擊西引開我們的注意力？」

但是摩利所說的內容超過他的預測。

「……妳說呂剛虎的入侵是幌子？」

「這或許是真的。但是這份情報為什麼送來這裡？」

「這一點我也覺得不可思議。情報來自隱藏寄件人的不正當郵件，至於內容本身，我也不知道可以相信到什麼程度。那麼摩利，妳認為對方寄這封告密郵件，是為了妨礙我們搜索九島光宣嗎？」

對於修次的詢問，摩利有點猶豫般點點頭。

「我認為……九島光宣還躲在青木原樹海。」

「為什麼？明明那麼仔細找過了啊？」

「修，我不覺得十文字會提供不確定的情報。」

摩利視線朝向地板。大概是缺乏自信，無法看著修次提出主張吧。但是和剛才的話語相比，她現在的語氣沒有猶豫。

「……現在的十文字家當家，記得和妳同屆。妳熟悉他這個人嗎？」

「私人的事情幾乎不知道。嗜好或是食物的好惡都不曉得。但我很清楚他那個傢伙講話不會不負責任。那傢伙，不知道的事情會說不知道，做不到的事情會說做不到。既然十文字說『九島光宣逃進青木原樹海』，那麼九島光宣就在樹海。肯定是以我們不知道的魔法藏身。」

摩利抬起頭，和修次視線相對。

「——修，我不得不這麼認為。」

「這樣啊。」

修次就這麼承受摩利的視線，溫和點頭。

「我不知道十文字家當家的為人。既然妳這麼說，那麼十文字克人先生提供的情報就值得信賴吧。妳說九島光宣以未知的魔法藏身，我也覺得很有可能。」

「修……」

摩利雙眼映出內心情緒的高漲，修次沒移開視線。

「無論怎麼說，九島光宣都是打倒宗師的『九』之魔法師，擁有的實力或許能隨心所欲熟練使用『九』之祕術。可是……」

「可是？」

「即使是聲東擊西……」

修次克制內心的些許躊躇說下去。

「明天的出動，我也不能辭退。」

「……因為是命令？」

「這當然也是原因，但更重要的是既然呂剛虎可能入侵，我就沒辦法坐視。我和那傢伙有一段過節。」

兩年前，橫濱事變即將爆發時，修次和呂剛虎交手過。戰鬥結果是兩敗俱傷，但是如果當時打倒他，後來魔法協會關東分部遇襲時就不會有許多日本人魔法師犧牲，摩利也不會在那時候留下驚險的回憶。修次如此心想並感到後悔。

「如果他真的偷渡入境，這次一定要收拾他。」

「……也對。說到過節的話，我也有。」

摩利也和呂剛虎交鋒過。橫濱事變之前與當天共兩次。

兩次都是以摩利等人的勝利收場，但摩利不認為這是自己的實力。第一次是在修次造成的傷裂開時趁人之危，第二次是真由美打出致勝的一招。自己在兩場戰鬥中都被玩弄在對方掌心，摩利將這份不甘心藏在心底。

雖然慾望不如修次強烈，但摩利內心也想再戰一次。

「仔細想想，我個人沒有逮捕九島光宣的理由。如果不是軍方下令，我從一開始就不會積極參與吧。基於這層意義，也要以新的命令為優先。」

「是的。我們沒辦法同時處理兩邊。如果要排優先順序，呂剛虎排前面。」

摩利也同意修次做出的結論。

◇◇◇

摩利和修次在狹小房間討論的同一時刻，達也接到風間的抗議電話。

『——達也，我再說一次。讓安吉・希利鄔斯拋頭露面上學是愚蠢的行為，希望你住手。』

「在下先前再三強調過，敝家收容的是安潔莉娜・庫都・希爾茲小姐，不是安吉・希利鄔斯少校。」

『你真的認為這種搪塞管用嗎？』

「在下自認不是在開玩笑啊？」

風間以嚴厲聲音詢問，達也以從容語氣回應。

「安吉．希利鄔斯少校身高將近一七〇公分，暗紅色的頭髮加上金色的眼睛，外表特徵非常明顯。說到稀奇，莉娜金髮碧眼的搭配也是，明明被稱為民族特徵，聽說實際上卻不常見，不過和安吉．希利鄔斯少校的外表不一致。不提頭髮與眼睛顏色，從體型就不同。」

『安吉．希利鄔斯會使用「扮裝行列」！外表要怎麼偽裝都沒問題！』

「USNA政府已經這麼承認了嗎？承認安潔莉娜．庫都．希爾茲是安吉．希利鄔斯？」

『……怎麼可能承認。』

「那麼是大使館申請保護他們自己的國民？還是視為罪犯要求引渡？」

『……這也沒有。』

「那麼，希爾茲小姐就不是希利鄔斯少校，也沒必要將她引渡給美國。」

『達也……你當真要和軍方敵對？對你來說，安吉．希利鄔斯有此等價值？』

「中校，請別誤會。在下沒有和軍方敵對的意思。」

達也立刻做出否定的答覆。

「至少在下不會主動這麼做。」

接著他補充這句話。

◇　◇　◇

日期即將從七月十日變成十一日。

莉娜分配到的住處，樓層和達也他們一樣是頂樓，卻是分開的居所。大門是分開的也可以上鎖，有獨立的衛浴廚房與客廳，當然也有寢室。

但即使到了這個時間，莉娜還在深雪的房間。

不是因為她的床還沒送到。

是為了準備明天的插班測驗。

莉娜坐在深雪平常使用的書桌前面，深雪拿凳子過來坐在她身旁（家庭教師的位置）。

「差不多到這裡結束吧。」

聽到深雪這句話，莉娜趴到桌上。

「……累了……」

枕著額頭的雙臂縫隙，透出莉娜的呻吟。

「這麼誇張啊。」

深雪聽完忍不住笑出聲。

「這不誇張！絕對！」

莉娜猛然起身，對深雪的感想提出異議。

面對莉娜的咄咄逼人，深雪略感詫異。

「但我覺得考前用功到這種程度很正常……」

莉娜臉色蒼白到清晰可見。

「這叫做正常……？真的……？不是因為深雪很特別嗎？」

「這種程度就說特別……剛才用功的時間，實際上頂多五小時啊？」

「光看時間或許沒什麼大不了！可是正常人沒辦法一直專心這麼久吧！」

「哥哥他更厲害耶？」

「達也才不是正常人吧！沒有別人嗎？」

「妳說的『別人』是指一起用功的人？」

「沒錯！」

「當然有喔。不過，穗香、雫與水波也……」

深雪忽然沉默。

莉娜露出「說錯話了……」的表情，單手遮住半張臉。

她沒得知詳細的隱情，但已經猜到發生某些預料之外的事件。雖然好奇，卻認為自己不該涉入，所以至今隻字不提。不過莉娜心想，自己好像引導深雪進入地雷原了。

「那個……前天發生了什麼事？」

她也可以選擇佯裝不知，回到自己的房間。選擇這麼做應該比較聰明吧。但是莉娜刻意這麼詢問深雪。

「我沒看過達也那種表情。前天接到妳來電時的那個表情。深雪，發生了某件讓妳備受打擊的事情對吧？」

深雪的雙眼無依無靠地晃動。她經過不短的躊躇之後微微點頭。

「我前天受到打擊……但現在已經沒事了。因為哥哥安慰我了。」

莉娜覺得她的回應不是百分百的真心話。

深雪至今還是受到該事件的影響，若是冷不防被說到痛處，即使是自爆也會說不出話。不過，她應該沒說謊。看來痛楚也已經減輕到能像這樣擠出笑容說明。

「也好……願意聽我說嗎？」

深雪想將前天的事件告訴沒有直接關連性的莉娜，肯定證明她想克服這道心理障礙。

深雪向莉娜詳細敘述水波被光宣抓走時的事，也補充說明後來達也用來安慰深雪的話語。

「……我也認為達也說的沒錯。」

聽完深雪的說明，莉娜這麼對她說。

「妳說哥哥沒錯的部分，是指水波的心境嗎……？」

「嗯。我不知道水波是什麼樣的人……但是達也說他不希望妳殺害認識的人，我可以接受這種說法。既然達也說水波的動機也和他一樣，那肯定是這麼回事吧。」

莉娜在STARS負責的任務之一，是「處分」犯下重罪的戰鬥魔法師。她「處分」的對象也包括STARS的隊員。

將槍口瞄準共同生活的夥伴扣下扳機是多麼難受的事，莉娜曾經親身體驗過。「不希望妳殺害認識的人」這句話，也是莉娜毫不虛假的真心話。

「……莉娜，謝謝妳。」

「不需要為這種事道謝啦。」

深雪筆直注視，莉娜連忙將眼神錯開。她的臉頰周圍微微泛紅。

[7]

七月十一日，星期四。經過三天停課，今天是本週的第一個上學日。

從最近車站通往第一高中的通學路上，走向校舍的學生們議論紛紛。不是因為暑假將近而早一步到來的解放感。

在一、二年級之間，大多是「那個金髮美少女的女學生是誰？」的聲音。

在三年級之間，看得到相互詢問「希爾茲小姐／莉娜同學怎麼在這裡？」的模樣。

而且各學年都表現出「另一個馬尾美少女是誰？插班生？」的疑問。

說起來，魔法大學附設高中原則上不收插班生。學生退學出現的缺額就這麼不補充。

只不過，插班制度是存在的。雖然只記錄數個案例，但以往確實應用過這個制度。學生即使懷疑卻沒排除插班生的可能，就是因為知道這些前例。

成為他們話題的是金色頭髮綁成雙馬尾，碧藍色眼睛的少女，以及亮棕色頭髮綁成單馬尾，淡褐色眼睛的少女。兩人長得很像。認識莉娜的高年級或是不認識莉娜的中低年級，都猜測她們兩人是親戚。

看著她們兩人的不只是學生。通學路各處隱約看得見記者的身影。媒體的目的是進行新戰略級魔法「海爆」的採訪。

他們的首要目標是「海爆」共同研發者達也的發言，不過對外宣稱是他表妹的深雪也成為訪問對象。媒體原本是先大舉湧向FLT，卻因為達也沒去公司而吃了閉門羹，後來也湧向達也搬家前的府中住處，不過那裡現在是空屋。

媒體當然不會因為這種程度就放棄。他們有人死纏著FLT不走，有人依依不捨留在府中住處盯哨，有人在通學路埋伏等待達也與深雪，分成這三個勢力尋求報導用的題材。

魔法科高中從今天恢復上課，這個事實不是什麼祕密，學校網站也有公告。想採訪達也與深雪的記者們，一大早就到通學路監視。

不過很可惜，他們沒找到目標學生。在眾多學生當中，媒體也注意到搶眼的金髮與棕髮雙人組，但是不知道目標何時會出現。那兩個女學生只是漂亮，不知道是否具備新聞價值，記者們沒有多餘的時間分配給她們。

因此，媒體的注意力很快就從莉娜等人身上移開。不過並不是沒有學生以外的人注意到莉娜等人。

全國展店的咖啡連鎖店二樓靠窗座位，身穿像是記者的輕便衣著，年齡約四十歲左右的雙人組，俯視走在通學道路的莉娜。

「……雖然在東京郊區，卻沒想到會光明正大走在這種大街上。」

其中一人以傻眼的語氣輕聲說。另一人聽到這句呢喃之後反問。

「那個人真的是安吉？」

兩人是以英語交談。雖然同樣是東亞臉孔，卻不是道地的日本臉孔。只不過包括店員與零星的客人們，都沒人在意這種事。

「她外型特徵那麼明顯，我不認為有人會和她相似到令我們誤認。」

「旁邊那個女的就很像啊？頭髮與眼睛換個顏色就一模一樣。」

「安吉擅長偽裝魔法，另一人應該是喬裝的。只是不知道為什麼偽裝成和她相似。」

「難道是那傢伙的未婚妻？」

「有這個可能。不過始終只是可能。」

金髮與棕髮美少女愈走愈遠。男性雙人組從她們身上移開視線，重新面對面坐下。

「即使她是安吉……」

剛才提出疑問的男性，以慎重的口吻再度對話。

「我們的工作也不是肅清逃兵。」

斷定莉娜是安吉的那名男性，也贊同這個說法。

「也對。不過總之應該先回報本國吧。」

「這我同意。不過如果那個棕髮是那傢伙的未婚妻，那她比較重要。」

「嗯。包括安吉介入的可能性，得重新審視作戰了。」

兩名男性——USNA軍非法特務部隊「illegal MAP」馬頭分隊的兩人，各自一口喝光杯中飲料之後從椅子起身。

◇◇◇

和莉娜一起到校的深雪就這麼沒去教室，而是去學生會室。莉娜也一起去。

深雪以ID卡開門入內一看，儘管還沒開始上課，泉美卻面向門口站著。桌上的終端機是開著的，應該是她在工作時從門禁系統讀取的ID卡情報得知深雪入內，站起來準備迎接吧。

「早安，深雪學……姊？」

精神抖擻打招呼是好事，但入內的是長相完全不同人的少女。

「泉美學妹，早安。」

亮棕色頭髮的少女，以不同於深雪的聲音、同於深雪的語氣打招呼回應。

然後她一關門就抽下酒紅色的髮圈，將綁成馬尾的頭髮解開。

變化立刻到來。

亮棕色的頭髮變得烏黑。

淡褐色的雙眼變得漆黑。

臉蛋在轉眼之間變化，泉美心愛的「深雪姊姊」出現了。

「深雪學姊，剛才的模樣是……」

「因為有些人很煩。」

睜大眼睛詢問的泉美，聽到深雪簡短的回答之後露出「啊啊，原來如此」的認同表情。

「泉美學妹這麼聰明，我想不用明講妳也知道吧。」

「是，我不會隨便說出去。」

「謝謝。」

學妹做出符合期待的反應，深雪以笑容慰勞。

泉美變得魂不守舍，深雪以單手的動作，將她的視線引向莉娜。

「這位是安潔莉娜．庫都．希爾茲小姐，我們叫她莉娜。她是我一年級時的留學生，預定明天之後再度插班就讀三年級。莉娜，這孩子是七草泉美小姐，二年級。我叫她泉美學妹。」

聽到深雪的引介，泉美驟然回神。

「我是七草泉美。希爾茲學姊，請您多多指教。」

「我是安潔莉娜．庫都．希爾茲。請多指教。叫我莉娜就好。」

莉娜試著展現高年級會有的從容。深雪看在眼裡覺得會心一笑，但要是這時候笑出來肯定惹莉娜不高興，所以沒顯露在臉上。

「那麼，莉娜，我們去教頭那裡吧。泉美學妹，晚點見。」

「好的！深雪學姊、莉娜學姊，抱歉打擾了。」

在泉美鞠躬目送之下，回復為平常外型的深雪帶著莉娜前往教職員室。

◇　◇　◇

達也送深雪與莉娜出門之後，待在自家大樓的地下。

調布大樓的地下設置研究樓層，性能遠超過位於府中自家的機器一應俱全，實質上是達也專屬的研究室。無論四葉的本家與分家對達也抱持何種情感，都無法忽視達也身為托拉斯・西爾弗的實績，以及對四葉家財務面的貢獻。

達也在這裡耗時兩天，嘗試將「扮裝行列」的觀測結果套入魔法學的框架，進行科學層面的整理。不是在知覺上認知，而是在理論上掌握，或許就可以抓到線索，破解至今束手無策的「扮裝行列」。達也抱持這樣的期待。

但達也面對終端機約一小時後的上午九點，系統通知有不速之客來訪，他不得不中斷作業。

從地下三樓的研究樓層前往地上二樓的會客室。在室內等待的是藤林響子。

「早安。今天不是穿軍服啊。」

「早安，達也。我今天是請假喔。」

達也簡單打招呼，藤林以朋友語氣回應。

「請坐……那麼，應該稱呼妳『藤林小姐』嗎？」

「嗯，能這樣稱呼我最好。」

坐在沙發的藤林表示同意，暗示這次不是以軍人身分，而是以私人身分前來。她從一開始就不是以「大黑特尉」，而是以本名稱呼達也。

室內在這個時候響起敲門聲。房門感應達也「請進」的聲音自動開啟。入內的是推著推車，身穿連身長裙加白色圍裙的年輕女性。雖然和穗波或水波長得不一樣，給人的感覺卻隱約相似。

她將藤林面前的紅茶換成一杯新的，在達也面前擺上咖啡。

「藤林小姐，如果想喝別的飲料，我可以請她換。」

「不，這個就好。謝謝。」

最後一句是對提供茶水的女性說的。

穿圍裙的年輕女性笑盈盈地行禮，再度推著推車離開房間。

「她能力很強。真羨慕你們人材這麼豐富。」

讓人覺得與其說是女僕更像是女服務員的女性背影消失在門後，藤林隨即輕聲這麼說。

「那位女性不是戰鬥要員喔。所以，方便請問今天有什麼事嗎？既然不是以藤林中尉的身分過來，應該不是繼昨晚的電話之後，又來抗議莉娜那件事吧？」

達也問完，藤林端正坐姿。

「今天我以藤林家當家——藤林長正代理人的身分前來謝罪。」

藤林更改謹詞用句，深深低下頭。

「謝罪是指？我心裡沒有底。」

「對於藤林一族的成員——九島光宣對司波家的諸多冒犯，這邊想以當家身分謝罪。」

「妳說『一族』，但肯定沒有血緣關係吧……」

達也以有點為難的語氣反問藤林。

藤林家當家藤林長正，是藤林響子的父親。長正的妻子是光宣父親——九島真言的妹妹。光宣在系譜上是長正的外甥，不過是大舅子的兒子。表面上和長正沒有血緣關係。

即使以不能見光的事實來說，光宣是九島真言與嫁給長正的真言妹妹進行人工授精，以該受精卵為基礎誕生的，和長正還是沒有血緣關係。

如果是九島家就算了，藤林家肯定不必對光宣的行為感受到責任。

「即使沒有血緣關係，只要是妻子的兒子，就屬於藤林家的成員。當家是這麼認為的。」

「原來早就知道了？」的驚訝想法在瞬間掠過達也腦海，不過仔細想想是理所當然。九島真言和藤林長正的妻子並不是犯下亂倫行徑，只是提供卵子。達也換個想法，認為長正也知道內幕比較自然。

「……知道了。不過藤林小姐這趟前來，應該不只是代為謝罪吧？是不是還有其他事？」

「與其說有其他事，不如說要進行實質上的──不只是口頭說說的謝罪。」

「……我就洗耳恭聽吧。」

達也微動眉頭表明意外感，然後要求藤林說明。

「就是這個。」

藤林從手提包取出大容量的固態記憶盒，放在她和達也之間的矮桌。

「這是藤林家的謝罪證明。裡面儲存了『扮裝行列』的啟動式與運用方法，以及記載東亞大陸流古式魔法『蹟兵八陣』詳細內容的文獻。」

這使得達也忍不住驚訝。

「可以嗎？『扮裝行列』是九島家的祕術吧？」

藤林微微蹙眉，輕輕嘆息。

「……原本應該由九島家提供，好不容易才徵得他們的同意。」

要將祕術交給「同階級」的四葉家，九島家的尊嚴不允許這種事。所以才在形式上改成由藤林家交給司波家吧。達也覺得無聊，卻可以理解。

「我心懷感謝收下。」

無論對方有何種想法，「扮裝行列」的詳細內容是達也無論如何都想從九島家取得的知識。雖然覺得是天上掉下來的好運，但達也決定懷抱感謝好好利用。

達也低頭致意，藤林以視線回禮。

「『蹟兵八陣』是應用『鬼門遁甲』的大規模結界建構技術。」

然後她簡單說明另一份資料。

「意思是光宣的祕密居所以這個法術建構？」

「我們是這麼認為的。」

「真是無微不至……」

如果藤林沒說謊，那麼達也將一口氣獲得想要的知識。即使是達也以外的人，也肯定覺得有點如意過頭。

「我們並不是期待你抓到光宣。」

敏感察覺達也疑惑的藤林，取下「藤林家當家代理」這張疏遠的面具。

「家父與真言伯父都想親手抓到光宣。雖然不要求你收手，但是可以的話請交給我們。這是家父的真心話。」

「不能並肩作戰嗎？」

「……我會向家父轉達你的要求。」

藤林早就清楚達也沒有收手的意思。她補充說會趕回家討論這件事，起身離開。

◇ ◇ ◇

莉娜在插班測驗開始之前盡顯不安心情，但在上午的筆試結束之後一臉舒暢。

「怎麼樣？不過看來不必這麼問了。」

「憑我的實力，這是當然的結果。」

莉娜上半身挺到像是會往後倒，不過在考前惡補的時候，伴讀的深雪數度聽莉娜毫無自覺輕聲說「要是沒考上怎麼辦」，所以這一幕看在深雪眼中只是會心一笑。

「雖然還有實技測驗，不過憑妳的實力，這部分真的不必擔心了。」

「……聽起來像是妳比較擔心知識這一部分。」

莉娜發直的雙眼半閉，以所謂的「白眼」看向深雪。她這個反應逗得同桌成員出聲笑了。

現在是午休時間，這裡是第一高中學生餐廳。莉娜穿著制服（借深雪的備用制服穿）所以沒被責備。不過終究很顯眼。

同年級的熟面孔齊聚這一桌。莉娜不認識的只有雫，當然已經和她相互自我介紹完畢。

「莉娜當然是一科生吧。不知道會在哪一班。」

「應該是我們班喔。因為人數最少。」

艾莉卡隨口問完，穗香這麼回應。深入思考會令人笑不出來的回應。

人數最少，也就是最多人退學。晉升到二年級的時候，人數隨著新設立的魔工科有所調整，所以這句話意味著三年A班在這一年退學的學生比別班多。

深雪、穗香、雫等人獨占學年前幾名的A班最多人脫隊，不知道該說諷刺還是取得平衡。恐怕連百山校長都不知道吧。

「但我不知道莉娜同學來日本了。什麼時候來的？」

美月這個問題，使得莉娜表情微微抽動，說不出話。

「柴田同學。這麼問有點……」

「美月，妳也知道莉娜的苦衷吧？」

困惑表情的幹比古與傻眼表情的艾莉卡如此告誡美月，因為他們知道莉娜是「安吉．希利鄔斯」。

不只是他們，坐在這一桌的成員，包括當時沒在一起的雫，都知道去年冬天寄生物事件的全貌，以及莉娜當時的職責。

「啊……對不起！」

被提醒自己無心的詢問其實涉及非常敏感的問題，美月連忙低下頭。

「別在意……但如果別再問這個是最好的。」

「當然！」

美月用力點頭，莉娜、幹比古與艾莉卡各自露出不同表情呼出一口氣。

「讓莉娜插班進來，是配合我的方便。」

深雪這句話不是意圖改變氣氛，也不是企圖攪局。和對話方向無關，她早就預定說這件事。

「什麼意思？」

雫按照深雪的劇本走。

「因為有些人死纏不休。」

「啊啊，媒體記者。」

「吉祥寺同學的共同研發者發言，好像再度掀起採訪風潮了。」

艾莉卡與穗香說完，深雪點頭回應「是的」。

「逮不到達也，所以還一窩蜂跑去找妳嗎？畢竟也不能強硬趕走，難怪不好處理。這也攸關國防上的機密，明明可以由政府管制才對……」

「嗯，真的。」

深雪帶著嘆息回應，同意雷歐的說法。

「這和莉娜插班有什麼關係？」

雫早早就以暱稱稱呼莉娜。這種距離感不像是首次見面。

「莉娜擅長偽裝魔法。可以將外型改成完全不一樣的人。」

穗香回答雫的疑問。

「比穗香還擅長？」

穗香也能使用魔法投射立體影像改變外型。

「比我高明多了。」

「這真厲害。」

「咦，原來不是只能改變自己的外型啊？」

艾莉卡的發言不是介入穗香與雫的對話，而是對莉娜說的。

「真要說的話，對別人使用比較輕鬆。前提當然是那個人不抵抗。」

「是喔……」

「因為對自己使用的時候，沒辦法只用鏡子檢查。」

「原來如此。畢竟只用一面鏡子看不到背部。」

「就是這麼回事。」

看來莉娜和艾莉卡最好溝通。不像是曾經以槍與刀上演廝殺場面的交情。不過真要說的話，莉娜與深雪是曾經在決鬥時不惜使用「熾炎神域」與「冰霧神域」相互攻擊的關係。「冰霧神域」也可以用來降低對方體溫剝奪戰力，但「熾炎神域」如果用在普通對手身上，一般都會立刻死亡，運氣好也是重傷到奄奄一息。

「那麼，暫時沒辦法一起回家了吧？」

穗香詢問深雪。深雪一臉略感抱歉般點頭。

「嗯……在媒體退燒之前，暫時只和莉娜一起放學回家。」

「我們也會避免接近喔。因為要是老面孔在妳周圍，說不定會穿幫。」

「艾莉卡，謝謝妳。」

對於艾莉卡展現的貼心，深雪投以感謝的視線。

艾莉卡回以一個漂亮的秋波。

◇　◇　◇

不只是第一高中，九所魔法科高中今天一起復課。第三高中當然也不例外。

但是一条將輝與吉祥寺真紅郎沒上學。這是為了躲避媒體的採訪攻勢。新國家公認戰略級魔法師與新戰略級魔法的主開發者。媒體對這兩人的執著遠勝於達也與深雪。

要是在這個狀態上學，會造成同學或學弟妹的困擾。如此心想的將輝與吉祥寺，決定主動提早放暑假。

雖說放暑假，但吉祥寺有研究所的工作，將輝要在小松基地監視劉麗蕾。兩人有這些工作要忙，所以三高的前田校長這次也當成公假處理。

此外，將輝妹妹一条茜就讀的私立國中，以危險情勢還沒解除為理由，真的從今天開始放暑假。正確來說是決定暑假提前十天並且執行。

就這樣，一条家的兄妹在小松基地度過盛夏的一天。

茜和劉麗蕾順利建立良好感情。另一方面，將輝和劉麗蕾的護衛隊長在交情上的斷絕愈來愈嚴重。

現在，茜與劉麗蕾也和睦並肩坐在房間中央的桌前。劉麗蕾前方是茜在國中使用的教科書。當然不是紙本書，是平板終端裝置。看來茜正在教劉麗蕾學習日本的一般常識。

將輝與林隊長各自在房間角落，在對角線的兩端看著這樣的兩人。將輝自己也覺得這麼做不成熟，但是只要找林隊長討論今後的方針，總是不知何時就吵得面紅耳赤。就算這麼說，也不知為何不能無視於彼此，變成像這樣隔著茜與劉麗蕾，在室內距離最遠的位置互瞪。

雖說互瞪，卻也不是一直監視對方。將輝當然沒有疏於警戒，不過這個房間裡有林隊長的部下，也有小松基地的士兵。一旦出現可疑的動靜，他們會先行處理。將輝認為到時候再配合他們行動就好，所以拿出可以攜回的教科書（某些教科書基於教材性質禁止攜回）自習今天學校所上的科目。

將輝覺得不自在，卻不能離開這個房間。父親將茜交給他照顧。此外要是劉麗蕾等人出現敵對行動，就必須和基地官兵合力鎮壓。將輝只有「忍耐」這個選擇。

吃完午餐的下午一點，令將輝胃痛的這個狀況迎來變化。

劉麗蕾等人使用的民用宿舍大廳，有其他基地的人來訪。

這裡是空軍基地。來訪的是陸軍軍官。國防陸軍第一師團游擊步兵小隊所屬千葉修次少尉。編入該小隊好像是臨時措施，但是對於將輝來說一點都不重要。比起這件事，少尉帶來的情報才重要。

千葉修次是防衛大學學生，卻破例獲得少尉地位。原因在於他的實績，以及「若論三公尺以內的近戰實力，在全世界也是十強水準」的國際名聲。他經常被安排加入同盟國要人警護部隊的共同作戰，因此獲得軍官的地位。

話說回來，在修次臨時所屬的「拔刀隊」，游擊步兵小隊的隊長是中尉。四名分隊長都擁有換句話說，修次和分隊長的階級相同。

分隊長先就任，所以在指揮系統的地位比較高。而且雖然預先派遣兩名分隊長來這裡，但他們忙著和基地司令部協調以及運用部隊。

結果，剩餘隊員之中階級最高的修次，負責和劉麗蕾等人說明狀況。

「呂剛虎來襲？」

「沒有證據證明密告內容屬實。但我們判斷有這個可能性所以出動。」

林隊長咄咄逼人般詢問，修次做出安撫的動作並且如此回答。以他的立場，無論狀況樂觀還是悲觀都不能亂說話。

但他的說法可以解釋為含糊籠統，似乎惹得林隊長不高興。

「既然特地從東京出動，應該是掌握到某些線索吧？」

拔刀隊所屬的第一師團確實將根據地設在東京，但拔刀隊派遣到小松基地的最大原因，在於密告郵件是寄送給他們的。而且對於陸軍來說，比起逮捕九島光宣，處理大亞聯盟特務部隊的優先順序比較高。

但是這種細節不應該向逃亡者說明。

「沒有證據證明，但是必須防備。下官能說的只有這些。」

修次以稍微強硬的語氣再度回答，林隊長即使看起來沒接受，也沒有逼問下去。

「在確認安全之前，請各位不要離開這棟建築物。」

「要到什麼時候？」

詢問修次這個問題的是劉麗蕾本人。

「現在我們也請警察協助，正在搜索呂剛虎。不只是他，無論是誰偷渡入境，都能在一兩天內找到吧。」

修次如此告知的瞬間，林隊長雙眼掠過慌張的神色。

只有一個人發現這件事，就是在修次身旁若無其事仔細觀察逃亡者們的摩利。

◇　◇　◇

停課三天之後的復課第一天，距離暑假只剩下十天，而且今年暑假也沒有九校戰。令人提不起勁的各種條件重疊，但第一高中一如往常上課到下午三點半。

只不過因為九校戰中止，所以學生會沒有必須留下來處理到很晚的工作。加上現在是白晝時間長的時期，學生會幹部們也在天還亮的時候就離開校舍。

深雪和順利通過插班測驗的莉娜早一步前往車站。和早上一樣是褐髮馬尾的外型。

剩下的老班底們，在學校咖啡廳會合之後放學。這群人一開始是以達也與深雪為核心組成，但現在即使沒有這兩人也會共同行動。

走到剛好在學校與車站正中央的地點時，艾莉卡忽然仰望面向道路的咖啡廳二樓座位。

「艾莉卡，怎麼了？」

在艾莉卡後方和幹比古並肩行走的美月，眼尖看到艾莉卡的動作叫她。

艾莉卡轉身放慢腳步，和美月一起走。

「我感覺到奇妙的視線。」

「奇妙的視線？」

幹比古以疑惑又頗為嚴肅的表情問。

「雖然沒能清楚捕捉到，不過，總覺得後頸刺刺的，應該說背脊發麻……邪惡，嗯，這個形容詞應該最接近吧。」

「邪惡的視線？」

「這是怎樣，很恐怖耶？」

雫與穗香發出隱含厭惡感的聲音。

「艾莉卡，你說你沒捕捉到……？」

比起「邪惡」這個詞，幹比古好像更在意這一點。

「剛才或許有點鬆懈吧。原本毫無警戒，所以這邊提高靈敏度的時候就消失了。也可能只是我多心。」

「妳會因為稍微鬆懈就找不到敵人？妳說邪惡的視線，應該是照鏡子看到自己吧？」

「閉嘴，邪氣聚合體！」

艾莉卡朝雷歐的腿踢下去。

她肯定沒有踢系格鬥技的經驗，雷歐卻抱著一條腿跳起來。

「～～！妳啊，在鞋子裡藏了某些東西對吧？」

「你說呢～～」

「妳這臭婆娘！」

「幹麼，想打嗎？」

雷歐像是隨時要撲向艾莉卡，艾莉卡伸長警棍作勢迎擊。

「等一下，你們兩個！」

幹比古連忙介入。

「雷歐，冷靜下來！剛才你也說得太過分了。」

「艾莉卡，妳是女生不能動粗啦！而且突然就踢下去很可憐的。」

幹比古安撫雷歐，另一方面，美月勸誡艾莉卡。

因此，這個場面連同「邪惡的視線」不了了之。

只有穗香以無法拭去不安的表情，轉身看向艾莉卡剛才注視的窗戶。

◇◇◇

成為話題的咖啡廳二樓座位，一男一女別過頭不看窗外。

「……被看見了？」

「不，應該沒被看見臉。一般來說在這個距離不可能判別長相，也沒有使用魔法的跡象。」

「但是氣息被發現了。」

「嗯。比預料的還厲害。」

這對男女是USNA非法魔法特務分隊「馬頭」的成員。和早上盯哨的搭檔不同。

「安吉的報告書沒有誇大其詞嗎……」

「代表她即使是丫頭，也依然是天狼星吧。」

兩人低聲交談。即使有人想偷聽，但這兩人使用台灣方言之中較冷門的語言交談，所以肯定沒人聽得懂。

「怎麼辦？」

「最後要由分隊長判斷，不過最好避開千葉的女劍士吧。」

「嗯，我也這麼認為。光井怎麼樣？」

「那個女生也不必從候補排除吧。剛才她看起來也沒發現。」

「也對。」

交談的兩人，沒將視線投向艾莉卡等人離去的背影。

◇ ◇ ◇

身為劉麗蕾的護衛部隊隊長，和她一起逃亡過來的大亞聯軍林少尉，真實身分是新蘇聯軍的特務。敵軍間諜混入組織要地並不稀奇。領土相連，以長長國界線毗鄰的兩國更不用說。因為不稀奇，所以各國都不會疏於提防間諜潛入。大亞聯軍也付出最高層級的警戒。為國家公認戰略級魔法師劉麗蕾挑選護衛的時候，甚至徹底檢查到使用自白劑洗腦，將好幾名前途有望的女性軍人逼到人格損毀。

不過，派遣間諜的一方也將這部分納入計算。諜報與防諜總是無止盡的較量，而且在這個案例，只不過是新蘇聯技高一籌罷了。具體來說就是林少尉的特殊能力比大亞聯軍的防諜對策還要強力。

她的能力是催眠術。不是操作意識的魔法，單純是催眠術。比魔法普遍的這種技術在她身上足以稱為特殊能力，是因為她的技術水準高到異常。

林的催眠術深植受術者內心的程度，比起操作意識的魔法毫不遜色。用在自己或他人身上都是如此，甚至足以抵抗自白劑的強制力。她對自己催眠，藉此通過大亞聯盟的心理檢查。

如果她的技術是魔法，大亞聯軍肯定會察覺她動了手腳。不只是國家，任何武裝勢力都極力提防敵方魔法師入侵。林的魔法水準不高卻也是魔法師，使得大亞聯軍更不容易察覺魔法以外的偽裝手段。

非魔法的催眠術還有一項優勢，就是不受魔法抗性的影響。

劉麗蕾等人使用的宿舍設有魔法師的警衛，負責監視國家公認戰略級魔法師及其護衛部隊。比起魔法攻擊力，魔法防禦力以及精神干涉系魔法抗性才是選人的優先條件。

所以林的技術如果是魔法可能不管用，即使管用也可能在初期階段就被識破。

「某個東西無論如何都沒辦法在基地裡取得……短短一小時左右就好，可以准我外出嗎？」

劉麗蕾和一条茜早早一起洗澡的這個時間，負責戒備宿舍的士兵收到林隊長這個要求。

兩名士兵為難地轉頭相視。他們詢問林想買什麼東西，大亞聯盟的女性回答是必備物品。

其中一名士兵表示由他們幫忙買，林說「這樣我會害羞」婉拒了。聽她這麼一說，不知為何就會避免繼續爭論下去。

另一名士兵問「為什麼在這種時間外出」，她回答「既然劉麗蕾少尉正在洗澡，就不必擔心一条將輝強行帶走她」。兩名士兵不知為何都接受這個說法。

到最後，監視的士兵准許林外出，條件是他們要陪同走到店門口。也沒向基地司令部獲得許可。

小松基地的門哨為了防範呂剛虎襲擊，強化對於「外部入侵者」的警戒態勢，繃緊神經保護劉麗蕾。或許是這個原因，所以即使林要從基地大門外出，也因為監視士兵同行就沒多加注意。

老實說，在基地官兵與人員的心目中，戰略級魔法師劉麗蕾的附屬品不值得在意。

摩利之所以對於擦身而過的敞篷車感到疑惑，是因為修次剛才進行簡報的時候，瞬間掠過林少尉雙眼的焦躁感令她在意。

「修。」

摩利對一起在街上搜索的修次開口。

「發現什麼嗎？」

在她身旁低調注意暗處動靜的修次，轉身面向摩利。

「剛才，林少尉搭的車和我們擦身而過。」

摩利這句話使得修次蹙眉。

「護衛隊長林少尉的車？應該吩咐過要避免外出才對……」

修次沒問摩利是否看錯。他在這方面信賴摩利。但也可能是太寵她了。

「兩名監視的士兵和她在一起。」

「那她出得了基地也不奇怪……」

「不，很奇怪吧？在這種情勢准許逃亡者外出，以常識來說匪夷所思。」

「……嗯，確實是這樣。」

修次維持慎重態度，認同摩利的說法。

「是從林隊長那裡獲得偷渡幹員相關的重要線索嗎？還是……監視的士兵被以某種手段操縱嗎？」

「操作意識的魔法嗎？」

聽到修次的推測，摩利變了臉色反問。意識操作魔法的使用者潛入自軍內部，是極為惡質的惡夢。敵方無須花費時間、心力與資金就能量產叛徒。

「不，如果是魔法應該有因應的對策，而且如果在基地裡使用魔法立刻會被發現。」

「……對喔，這麼說來也是。」

「摩利，現在放心還太早。」

摩利輕輕鬆了口氣，相對的，修次的表情反而更顯嚴肅。

「不必使用操作意識的魔法，照樣能操縱別人。妳也做得到吧？」

摩利頓時睜大雙眼。如修次所說，摩利能操作氣流，混合據稱無害的合法香料，以氣味剝奪他人的自由意志。

「林少尉或許正以魔法以外的手段操縱監視的士兵。」

「例如藥物？」

「不，要將藥物帶進基地應該很難。林少尉是女性。說到不會引人起疑的方法……比方說，使用寶石的催眠術。」

「以催眠術自由操縱別人的意志，這種事真的做得到嗎？」

摩利根據自身的技術提出疑問。她的「調合」技術能降低意志的抵抗力，卻無法完全隨意使喚對方。

「我也不熟催眠術，所以這個回答不一定正確……但就算沒辦法完全占據他人的自我，稍微將對方的意志扭轉到自己想要的方向，我想並不是不可能。」

「扭轉意志？意思是引導思考？」

「思考的引導嗎……」

摩利換個方式形容，修次像是贊同般點頭。

「我覺得妳這種說法比較適當。和催眠術之類的無關，假設我們要說服意見對立的對象，在這種時候，我們為了達成自己的目的，會說出對方可能接受的理論對吧？以這種方式讓對方出言同意之後，就能將對方的意志引導到這邊期望的方向。」

「換句話說……是這個意思嗎？即使是催眠術，也無法強制對方做他絕對不能接受的事。但如果有一點點可能性，就能比言語上的說服更讓對方深信不疑，能讓對方如此認為並且行動。」

「我是這麼認為的。即使是這種程度，也能騙過監視的士兵離開基地。」

「——這個道理我懂了。」

摩利以短暫時間整理思緒，抬頭看修次的臉。

「修，假設監視人員被操縱，問題可大了。」

「嗯，現在不是悠哉交談的場合。」

即使如此，修次也不慌不忙從胸前口袋取出軍用行動終端裝置。

「修，你要做什麼？」

「監視逃亡者是和一般任務不同類別的特殊任務。」

修次一邊以指尖在行動終端裝置輸入指令（不是壓力感測器或靜電感測器，軍用行動終端裝置採用的是光學介面的手寫文字辨識系統），一邊回答摩利的問題。

「考慮到任務性質，他們車輛的現在位置肯定變得比較好搜尋……好，找到了。摩利，中止搜索呂剛虎，我們去林少尉那裡。」

「知道了。」

修次與摩利對自己使用高速移動的魔法飛奔而去。

◇ ◇ ◇

林請護衛（其實是監視）士兵帶她到距離基地十分鐘車程，由香港出資的連鎖藥局。

上次大戰之後，日本和大亞聯盟沒建立正式邦交。不過在民間層級有經濟交流，企業成功相互設立據點。

林對兩名監視士兵說「請在這等我」，進入店內。藥局面向道路這側是落地窗，從車道也能看清楚內部。監視的士兵以「最深只能走到這邊看得見的櫃檯」為條件，准許林少尉單獨行動。

林站在櫃檯前面，看起來三十多歲的女店員現身接待。黑髮黑眼，說她是日本人也不奇怪。但是這種推論用在大亞聯盟或新蘇聯都靠不住。

「我很在意黃沙。」

林以廣東話對店員說。這是暗語。內容是「大亞聯盟恐怕會以武力攻擊」。

「是嗎？不過最激烈的時期應該過了。」

店員對此的回答當然也是暗語。意思是「沒觀測到大規模的軍事行動」。

「我覺得細黃沙好像已經湧到身邊了（很可能已經有小規模的部隊進逼）。」

「那要提供檢查用藥給您嗎？（要派諜報部隊調查看看嗎？）」

從這段對話就知道，店員是新蘇聯的聯絡員。

「不，我想在症狀出現之前請妳開藥膏給我。」

林提出「不是調查，請出動對抗部隊」這個要求，店員以緊張的聲音回答：「知道了。」

「……妳哪裡不舒服嗎？」

這麼說來，她走到櫃檯的時候就怪怪的——如此心想的林以「該不會發生反常事態吧？」的意思詢問。

「林少尉。」

回應來自背後。

從背後頭頂傳來的這個聲音，使得林盡顯狼狽轉身。

「呂上尉！」

林夾雜著哀號大喊。她再也說不出任何話語。

呂剛虎巨大的手抓住林的脖子，不讓她繼續發出聲音。

「辛苦妳了。可以了。」

呂剛虎這句話是對新蘇聯特務的店員說的。

女特務拖著腳步進入店內深處。

林見狀知曉了。那名特務已經屈服於呂剛虎。大概是遭受過拷問吧。以呂剛虎的本事，可以不留任何外傷給予強烈到想尋死的痛苦。痛苦會化為惡夢，永遠剝奪反抗的意志。

呂剛虎咧嘴一笑。

林的內心覆蓋絕望。襲擊特務的災禍，或許就這麼是自己的未來吧。

不，不會只有拷問這麼簡單。以自己的狀況，最後應該會小命不保——

林懷抱一絲希望，看向店外的監視士兵。林不認為他們能對抗呂剛虎，不過或許能稍微爭取到空檔助她逃走。

兩名日本兵低著頭坐在敞篷車的座位。看起來像是在打瞌睡，不過他們已經死了。林以直覺得知這個事實。

「叛徒，林衣衣。」

呂剛虎以不帶階級的全名稱呼林少尉。在他們的古老文化裡，不以姓氏或別名，而是以真實姓名稱呼，是向對方表達輕蔑或敵視之意。

「向劉麗蕾求救吧。」

呂剛虎告知之後，掐著林脖子的手稍微放鬆。

林一邊咳嗽，一邊思考呂剛虎的目的。

她不認為是「將劉麗蕾引來這裡暗殺」這種單純企圖。說起來，日軍不可能准劉麗蕾外出。

林身為新蘇聯間諜的職責，是讓劉麗蕾逃亡到日本做為開戰的藉口。這項任務已經完成。極端來說，林對於新蘇聯來說已經沒有用處，沒有伸出援手的價值。

說到沒有價值，對於日軍來說也一樣。逃亡者遇害或許是一件丟臉的事，但是對於日本政府來說，林只是劉麗蕾的附屬品。林確實認知到這一點。

——即使我求救，日軍也不會讓劉麗蕾暴露在危險之中。

——呂剛虎肯定也知道這種事。

不知道是否洞悉她的迷惘，呂剛虎以空著的手毫不客氣摸遍林的全身，從口袋抽出行動終端裝置之後塞給她。

「妳沒有選擇權。」

呂剛虎告知這個鐵錚錚的事實。

林依照命令，聯絡留在基地的部下。

◇　◇　◇

小松基地陷入天大的混亂。

「為什麼林少尉會離開基地？」

各處交相傳來這樣的怒罵。

「呂剛虎固守在市區店鋪？」

「要是那傢伙發飆，難免會造成市民傷亡！會重演橫濱的悲劇！」

這樣的叫聲也在各處交錯。

「呂剛虎為什麼出現在這種地方？就算是『食人虎』也會成為甕中鱉吧？」

其中，如此疑惑的聲音占最大多數。

呂剛虎挾持林少尉當人質。小松基地的幹部也有一部分主張不應該將這個事實告訴劉麗蕾。但要是人質林少尉被呂剛虎殺害，她今天之內就會得知。

而且，變成這種結果的可能性很高。到時候不難想像劉麗蕾因為日軍隱瞞情報而反感。最後在基地司令的決定之下，林少尉身陷的事態也告知劉麗蕾了。

「請讓我去！」

劉麗蕾對日軍的護衛（監視）士兵這麼要求。這是正如預料的反應。

「無法許可。妳的生命安全正由我軍保護。」

而且基地的負責人會這麼回答也是當然的。

「可是我不去的話，林姊會……！」

劉麗蕾對日本軍人使用「林姊」這個只在她們之間通用的稱呼，由此可見她失去平常心。實際上，基地的數名官兵就在納悶她說的「林姊」是誰。

「劉少尉，即使妳去了，林少尉獲釋的可能性也不高。如果妳過去，反而只會害她因為多留無益而提早被殺。」

但劉麗蕾沒失去太多判斷力，至少聽得懂這個道理。

「那麼，我該怎麼做……！」

她求救般環視四周。

然而沒有人回應她的眼神。沒有軍人或魔法師有能力回應。

「……哥哥，不能想想辦法嗎？」

看見劉麗蕾低著頭像是隨時會哭出來的樣子，茜以自己都快哽咽的聲音詢問將輝。

茜的聲音以及劉麗蕾的模樣，並不是沒打動將輝的心。

「茜，抱歉。」

但是他無法隨便打包票。

「那傢伙為什麼不是出現在這座基地，而是出現在市區藥局？挾持林隊長當人質的目的是什麼？我完全猜不透。但我只知道一件事。呂剛虎最終的目標是劉少尉妳，那麼千萬不能讓妳走出基地，我也不能離開這裡。」

「…………」

茜就這麼仰望將輝語塞。

將輝咬緊牙關，從茜的視線移開雙眼。

場中覆蓋著進退兩難的氣氛。

正如將輝的指摘，呂剛虎的最終目的顯然是暗殺劉麗蕾。

但就算這麼說，日軍也不能坐視林少尉被殺。他們還不知道林少尉是新蘇聯的間諜。對於日本來說，林少尉是應該保護的逃亡者。

此外，派去護衛兼監視林少尉的士兵已經喪命的事實，也已經透過生理監視器得知。從狀況來看明顯是呂剛虎或其部下下的手。無論從治安還是面子的觀點來看，呂剛虎都是不能置之不理的對象。

問題在於要派遣多少人？

現在派人過去抓得到呂剛虎嗎？

呂剛虎以自己為誘餌，削弱基地對抗外部入侵者的兵力，也是其中一種可能性。若要提防這一點，就不能派太多人對付呂剛虎。但他號稱在近戰領域是世界最強之一的戰鬥魔法師，而且擁有反彈槍彈的魔法技術「鋼氣功」，不是少數人就能收拾的對手。

少數人不管用，就算這麼說，動員太多人的不安要素很大。

偶然造就的絕妙角色配置，解決了進退維谷的這個狀況。

◇　◇　◇

林落入呂剛虎手中經過五分多鐘的時候，修次與摩利抵達案發的藥局。

這個案件瞞著市民。警方編理由適當掩飾，管制閒雜人等進入這個區域。

警察沒阻止身穿軍服的修次與摩利。

正在使用高速移動魔法的兩人，沒檢視人質挾持案件發生的通知訊息。

抵達現場藥局前方的摩利尋找林的去向，認出店內的呂剛虎。

呂剛虎也察覺店門前的摩利。

建築物內部轟然響起咆哮聲。是呂剛虎的怒吼。

從店鋪窗戶看得見呂剛虎將林的身體扔到一旁，但摩利沒餘力關心她。

呂剛虎撞破這扇窗戶衝出來。

看似性急卻犀利的先發制人攻擊，使得摩利看起來無暇擺出防禦態勢就會被打倒。

「修？」

但在呂剛虎的拳頭即將命中摩利身體的一瞬間，修次砍下的利刃阻止了他的攻擊。

修次的「壓斬」和呂剛虎的「鋼氣功」相互碰撞，迸出肉眼看不見的火花。

「我們又見面了，幻刀鬼……千葉修次！」

「食人虎……呂剛虎！今天一定要和你做個了斷！」

「正合我意！」

同樣在近戰號稱世界最強水準魔法師的千葉修次與呂剛虎。

此地突然上演劍鬼與狂虎的一對一戰鬥。

呂剛虎的突襲使得摩利瞬間做出將死的覺悟。

拯救她脫離這個危機的戀人英姿，令她暫時入迷。

呂剛虎的剛拳彷彿扳倒大樹、摧毀高山的暴風。

修次的利刃面對攻勢不是化解，而是近似斬斷。

面對呂剛虎的「剛」，修次不是以「柔」應付，而是以「銳」對抗。

戀人窮究劍理，鮮明又強烈的劍招，令摩利看得目不轉睛。

但是在兩人攻防達到十回合的時候，她驟然回神，連忙努力掌握狀況。

摩利首先跑向載著林前來的敞篷車。

「唔……死了嗎？」

然後確認護衛兼監視的兩名士兵皆已斷氣。

摩利進入呂剛虎剛才衝出來的藥局。

呂剛虎沒有餘力阻止。

修次和呂剛虎的戰鬥完全平分秋色，但是說來可惜，並沒有廝殺到摩利能從旁出手的程度。

摩利入侵店鋪的同時，響起以抑制器消音的槍聲。

不是狙擊摩利。中槍的是倒在地上的林少尉。架槍的是陌生女性。

這名女性——偽裝為藥局店員的新蘇聯特務，將槍口朝向摩利。

但她還沒扣下扳機，摩利的三節刀就砍傷她握槍那隻手的手背。

槍從女性手中落下。

在這個時候，摩利已經拉近間距來到特務身旁。

摩利右手握著三節刀，朝女特務出招的卻是左手。她的左手指夾著三根金屬製的圓筒容器。

摩利使用操作氣流的魔法，將容器噴出的香氣送進女性鼻腔。

瞬間，女性雙眼失去意志的光芒。

摩利扶住差點癱倒的女特務，讓她坐在地上。

確認「氣味」生效之後，摩利單腳跪在林的身旁。

林已經死亡。子彈打穿要害流血，應該是直接斃命吧。

繼續在戶外進行的修次與呂剛虎之戰也令摩利在意，但她決定先訊問射殺林的女性。

呂剛虎和千葉修次的戰鬥完全旗鼓相當。

以所向披靡的剛拳制壓對方，是呂剛虎平常的戰鬥方式。

相對的，千葉修次以銳利劍閃斬下呂剛虎拳威的戰鬥方式，不是他別名「幻刀鬼」或「幻影之劍」的常用作風。

使用慣性控制魔法，從完全停止零延遲達到最高速，然後零減速回復為完全停止。重複這種動作使對方抓不到攻擊間距，才是修次拿手的戰法。

但修次今天的戰鬥方式，雖然差別在於不是使用蠻力而是銳鋒，卻同樣是連對方攻擊都能斬斷的剛劍。

巧妙隱藏預備動作，不只是交戰對手，連一旁觀察的人都猜不透下個動作的「天才之劍」依然健在。但是善用緩急擾亂對手，逼使對方疑心生暗鬼而自取滅亡的「幻影之劍」，這次看起來刻意沒有使用。甚至隱約透露出無論如何都要砍倒對手呂剛虎的焦躁，修次的戰鬥風格給人這種印象。

不過真正心懷焦躁的是呂剛虎。

修次來到這裡的直接原因，是追蹤行跡可疑的林少尉。

但他原本是為了進行搜索呂剛虎的任務而走遍小松市內。

尋找呂剛虎，然後遭遇呂剛虎。這場戰鬥可說是搜索任務的延伸。而且自從確定要出動來到小松，修次就暗自期待和呂剛虎做個了斷。

相對的，呂剛虎完全沒設想到會和修次交戰。他的任務始終是阻止戰略級魔法師劉麗蕾落入日本手中，要將她「處分」掉，以免「霹靂塔」成為日軍的武器。

呂剛虎剛才襲擊摩利，不是要為自己在橫濱的敗北報復，單純是要除掉目擊者。他不會說自己不想和並稱強者的「幻影之劍」一決雌雄，但是比起對決，他更明確以任務為優先。

千葉修次與呂剛虎，雙雄的戰鬥力完全不分上下。這在橫濱事變的前哨戰就明顯看得出來。修次在那之後進一步磨練身手，但呂剛虎的實力也提升完全相同的幅度。

所以這場戰鬥的勝敗關鍵只有一線之隔。這場戰鬥是不是原本的目的？只差在是否具備這樣的心態。

呂剛虎的拳頭垂直往下打，修次水平揮刀對抗。

呂剛虎的手臂沒斷，他的拳頭沒命中修次。

修次為此付出的代價，是雙腳穩穩踩著地面。

修次的腳停在原地。

判斷這是大好機會的呂剛虎使出絕招。

像是要壓毀對方般的雙手掌打。連戰車的前方裝甲都能突破，併用「鋼氣功」的虎形拳。

要是中了這一招，修次的身體將會像是炸彈在零距離爆炸般破裂吧。

然而這記打擊以些微差距沒命中修次。

不是呂剛虎誤判攻擊間距。

是修次發動了僅僅半步的慣性控制。

他並不是自行拋棄「幻影之劍」，是藏起這一招不讓對方注意。

讓對方誤以為「幻影之劍」的技術是幻影，誤以為不存在於此處。這才是真正的「幻」之劍技。

修次的突刺往呂剛虎的胸口延伸。

呂剛虎以雙手夾住刀刃。

在中途轉動四分之一的刀身，插入呂剛虎的右手掌。

然而呂剛虎的左手穩穩抓住刀背，刀尖在即將插入胸口時停止。

呂剛虎咧嘴一笑。他的右手等於已經報廢，左手也被封住，但是雙腿還健在。刀被抓住的修次，現在的姿勢無法閃躲呂剛虎的踢腿。

然而過了再久，呂剛虎都沒能踢出這一腿。

修次輕聲吐氣，雙手放開刀柄。

呂剛虎的身體就這麼抓著修次的刀緩緩跪倒。

仰躺倒下，放開刀。

目睹這一切之後，修次解除警戒。

「……裡之祕劍，突陰。」

修次像是確認招式圓滿般輕聲說。

以磨利的想子利刃突刺。不是針對意識，而是讓肉體的想子情報體「魄」誤以為「心臟被貫穿」的招式。

以錯覺停止心臟跳動，無系統魔法的祕劍。

修次的太陽穴滑下一道汗水，他像是精疲力盡般單腳跪地。

◇◇◇

打倒呂剛虎的捷報，由返回基地的摩利直接告訴將輝等人。

但是他們無法為這個消息感到開心。至少劉麗蕾做不到。

「林姊……死了？」

劉麗蕾顫抖著嘴唇呢喃。

「和新蘇聯串通……因為內鬨所以被新蘇聯的特務殺了……？」

「是的。」

「騙人！」

摩利出言同意，劉麗蕾不肯罷休。

「這種事，一定是新蘇聯特務亂說的！」

相對於臉色大變的劉麗蕾，摩利以沉穩——扼殺情感的表情回應。

「在這場戰爭中，識別代號『Тайга』的林少尉，受命要讓劉少尉逃亡到日本，作為對日本開戰的藉口。下官訊問的莎夏．傅特務是這麼招供的。」

「這是謊言！」

「劉少尉，貴官不覺得奇怪嗎？貴官逃出沃茲德維任卡的時候，新蘇聯的應對極為遲鈍。當時他們的遠東軍在海參崴北方不遠處布陣，但是他們在妳通過己軍上空之後才派出飛機追蹤。一般來說這是不可能的事。雖說勝負已定，但是大亞聯軍並沒有解除武裝。如果少尉用來逃離的小型噴射機是轟炸機，新蘇聯遠東軍將會受到重創。」

「這……」

「遠東軍不可能疏於對空監視。」

劉麗蕾停止反駁，應該是因為她自己覺得「事有蹊蹺」吧。

「下官不懷疑少尉您自身的清白。少尉只是被利用了。莎夏・傅也是這麼說的。」

「林姊居然利用了我……」

看著面前的劉麗蕾以驚愕聲音低語，摩利也深鎖眉頭。對於將這種孩子利用為戰爭棋子的林衣衣，以及將她拱為戰略級魔法師的大亞聯盟，摩利燃起無從宣洩的怒火。

「不過，請容我們訊問林少尉的部下。確定他們之中沒躲著新蘇聯的間諜之前，少尉不能和她們接觸。」

「請等一下！」

出聲的不是劉麗蕾，是將輝。

「劉少尉還只是十四歲的女生，卻要在逃亡過來的異國土地和同胞分開……您只要訊問叫做莎夏・傅的那個特務就知道誰是間諜了吧？肯定不需要和所有人隔離！」

「將輝先生……？」

劉麗蕾以目瞪口呆的表情，輕聲說出將輝的名字。

對她來說，將輝的抗議是不曾想過的意外發言。

他先前想將我收容到他家，原本肯定想讓我和「林姊」分開——這個疑問在劉麗蕾內心形成漩渦。

「莎夏・傅知道的間諜只有林少尉。」

「既然這樣……！」

面對加重語氣的將輝，摩利輕聲嘆氣。

「一条學弟，我可以理解你的說法。但這是必要措施。這種事你應該懂。」

「——！」

將輝與摩利私底下不認識。但是即使不同校，在魔法科高中的範圍裡，兩人彼此是知名學姊與學弟的關係。

摩利不是以軍人身分，而是以學姊身分說的這段話，足以有效讓將輝的頭腦冷靜下來。

「幸好劉少尉精通日語。希望你們能多陪她聊聊——那麼劉少尉，下官就此告辭。」

摩利向劉麗蕾敬禮之後，從他們面前離開。

「小蕾……」

茜對沮喪站在原地的劉麗蕾搭話。

「總之，坐下來吧？」

劉麗蕾沒甩開茜的手。

但是茜也不知道再來該說什麼。

兩名十四歲的少女並肩坐在三人沙發。

大人們不知道該怎麼安慰。

向劉麗蕾開口的是將輝。

「劉少尉，我不認為林少尉背叛了妳。」

「將輝先生？」

「哥哥？」

劉麗蕾與茜同時抬起頭。

兩人投以迷路孩子般的視線，使得將輝不禁畏縮。但他鼓舞自己，繼續說出準備好的話語。

「雖然是不到一週的短暫期間，但我好幾次和林少尉吵起來，直到最後都和她意見不合。我沒能和她相互理解。」

將輝暫時停頓，吸一口氣。

「不過，我自認可以理解一件事，就是林少尉真的很擔心妳。」

不只是劉麗蕾，茜也睜大雙眼。

「林少尉或許是新蘇聯的間諜。妳的逃亡或許是按照新蘇聯軍的戰略進行。不過……」

將輝強忍害羞心情，從正面注視劉麗蕾的雙眼。

「妳逃亡到日本之後獲得保護，不受新蘇聯與大亞聯盟的威脅。這是毋庸置疑的事實。」

「啊……」

劉麗蕾微微呼出一口氣。

「此外，林少尉溜出基地，導致呂剛虎的破壞計畫就這麼不了了之……我不知道她真正的意圖，但如果只看結果，那麼劉少尉，林少尉搏命保護了妳。」

「嗚……」

劉少尉的聲音顯示放聲哭泣的徵兆。

將輝連忙以準備好的話語做結。

「或許是結果論，但這樣不是很好嗎？」

「嗯……嗯……」

劉少尉掩面哭泣。

茜摟著她的肩膀，朝將輝投以責備的視線。

將輝以目光回應「再來交給妳了」，然後逃離大廳。

目送將輝背影的茜，雙眼沒有罵他「窩囊」。

是「真拿你沒辦法」的溫暖眼神。

◇◇◇

「算什麼食人虎啊！那個沒用的傢伙！」

光宣放聲叫罵。這一瞬間，她甚至忘記水波也在同一個屋簷下。要不是書房兼寢室的這個房間完全隔音，他肯定引得水波起疑。

「連爭取時間都做不到！」

大吼之後，光宣稍微取回冷靜。

光宣協助呂剛虎偷渡入境，是希望暗殺劉麗蕾的破壞計畫引發混亂，趁機從地點已經為人所知的這棟宅邸移動到別的藏身處。為了不錯失良機，他透過周公瑾為大亞聯盟特務部隊準備的網路，幾乎即時追蹤呂剛虎的動向。

呂剛虎與他率領的特務部隊，從偷渡入境的山陰松江順利潛入小松市。但是呂剛虎在偷渡入境的第二天，也就是入侵小松市的當天就被打倒。連一天的時間都爭取不到。

打倒呂剛虎的是身為游擊步兵小隊成員出動的千葉修次。光宣將呂剛虎偷渡入境的情報洩漏給游擊步兵小隊，是擔心暗殺劉麗蕾的計畫沒能造成混亂就順利達成。

招致事態推移太快的元凶，也可以說是光宣自己，所以這個結果更令他氣結。因為知道這也是自己造成的，所以對於呂剛虎實力不足感到憤怒。

「我要冷靜。」

不耐煩在室內走來走去的光宣，坐在高椅背的椅子上規勸自己。

「亂發脾氣也無濟於事。更重要的是接下來該怎麼做。」

必須盡快離開這個祕密居所。這在光宣心中已經是既定事項。

（雖然可能是我太高估達也……）

光宣默默和自己進行問答。

（但是達也不久之後，就會找到這個祕密居所。）

（或許是明天就會發生的事。）

（原本我應該立刻移動。）

（但是這個場所就算沒被詳細查明，也已經被知道大概的位置。）

（不只達也，十師族也知道。國防軍應該也得知了。）

（應該認定這一帶都受到監視。）

（現在是以「鬼門遁甲」……以「蹟兵八陣」守護。）

（不過只要走出結界，即使全力施展「扮裝行列」也會被捕捉行蹤吧。）

（雖然可能是我過於悲觀……）

（但是最好認定達也已經掌握破解「扮裝行列」的線索。）

光宣甚至在思緒裡中斷話語，開始沉思。

（……光靠我一個人果然很難。需要人手從外部協助。）

（既然這樣，我／我們來幫忙吧？）

這不是光宣的意念。

是從寄生物的共享意識領域湧現的。

（雷蒙德？）

（光宣，意念的防壁卸除了喔。這樣不像你。）

光宣在心想「糟糕」的同時，將這份情緒藏在瞬間重建的自我防壁內側。

（既然被聽到就沒辦法了。）

然後以部分解放的意識領域回應雷蒙德。

（我理解現狀。啊啊，為求謹慎我先說明一下，並不是讀取你的思考喔。我也有珍藏的情報收集手段。）

聽到雷蒙德這麼說，光宣以建立防禦的領域心想「應該是至高王座」。周公瑾已經大致掌握至高王座的相關情報。

（我們現在停泊在相模灣外海。）

（你藏身在獨立號嗎？）

（正確答案。）

USNA空母「獨立號」在不自然的時間點參戰。支援雷蒙德他們再度入侵日本近海，應該也是目的之一。

（入侵的不只是我們喔。illegal MAP，美國的特務部隊也已經入侵東京。）

（illegal MAP……USNA軍非法魔法師暗殺者小隊？）

（你真清楚。不過正式來說不屬於軍方就是了。）

（不是「正式來說」，是「表面上來說」吧？）

（也可以這麼說。）

光宣腦中響起雷蒙德的笑聲。

（然後，illegal MAP其中一個部隊——馬頭分隊，正在進行暗殺達也的任務。）

（暗殺達也？不可能順利成功的。）

光宣發自內心如此反駁。不是認為只有他殺得了達也。光宣腦中毫不懷疑冒出「你們不可能殺得了達也」的想法。

（是啊。我／我們也這麼認為。）

雷蒙德的笑聲依然沒停止。

（但illegal MAP也不是毫無能耐。至少肯定能比呂剛虎引發更有用的混亂。）

聽雷蒙德講到這裡，光宣也明白他的意圖。

（要我趁著這股混亂逃出這裡？）

（沒錯。只要你來橫須賀，我就協助你逃離日本。你的女友當然也會和你一起走。）

聽到「和水波一起走」，光宣無法立刻回應。

帶水波離開日本。光宣沒想過這麼多。

（如何？）

但是聽到雷蒙德再度詢問……

（雷蒙德，我決定心懷感謝接受你們的協助。）

光宣這麼回應了。

◇　◇　◇

達也與深雪兩人……更正，加上莉娜共三人圍坐在晚餐的餐桌。

昨天也是這三人一起吃。深雪以「等妳穩定下來」為藉口，邀請開始獨居的莉娜過來。

深雪今天親手做的料理也很好吃。

莉娜對此好像受到不少打擊。雖然不知道她想不想隱瞞，但她一邊說著「唔……好吃」一邊將叉子送到嘴邊，完全看得出她在想什麼。

如果是想向深雪學做菜的話還好，不要為了對抗深雪說她要準備明天的晚餐就好……達也暗自這麼想。

達也沒被莉娜察覺他在思考這種失禮的事情，順利吃完晚餐沒多久，視訊電話響了。

達也制止還在用餐的深雪，走到客廳接電話。

出現在畫面上的是不曾直接交談，只從資料知道長相與姓名的對象。

『司波先生，抱歉在這種時間打擾。』

「初次見面。您是藤林家的當家閣下吧？」

『沒錯。看來你認識我，這是我的榮幸。』

來電對象是古式魔法名門藤林家的當家——藤林長正。

「平常總是受到令千金的照顧。」

『不。響子好像總是強你所難，我才要道歉。』

如果達也持有的資料正確，那麼藤林長正現年五十五歲左右，比達也父親年長。很難形容為客氣的謙詞用句應該也不算失禮吧。

『這次敝家的人造成你的困擾，真的很抱歉。』

「不，我不認為藤林家有責任。」

『很感謝你願意這麼說，但是即使沒有血緣關係，那個人依然是我的外甥。既然是當家的外甥，就是同族的成員，不容我置身事外。我身為藤林家當家，認為應該在族內制裁那個人，也已經得到九島家的許可。』

「九島家同意了？」

對於達也來說，這是意外的消息。九島光宣是當家的兒子，也是殺害前任當家的仇人。九島家已經委由師族會議處分光宣，但達也認為他們實際上不想讓外人介入。

『不過司波先生，聽說你也想一起討伐那個人。』

「這次事件的開端是我和光宣的對立。我認為應該由我親手解決。」

為了避免誤解，達也不留誤解的餘地斷然回答。

他絲毫不認為自己在這個事件可以袖手旁觀。

『我想尊重你這位當事人的想法，順便想把討伐九島光宣的計畫調整一下。我打算在後天的七月十三日星期六前往青木原樹海討伐九島光宣。司波先生時間上方便嗎？』

「後天嗎？」

達也之所以沒有立刻回應，是因為他打從心底希望多花一點時間分析「扮裝行列」與「蹟兵八陣」。不過雖說知道水波的現狀，事實上也應該盡快救出她。

「知道了。請容我陪同。」

『感謝。那麼會合的地點與時間交給你決定。』

「知道了。晚點我會通知令千金。」

『就這樣吧。當天請多指教。』

藤林長正在畫面上深深鞠躬，結束通話。

事件進展得比想像中還快，達也重新繃緊精神。

◇　◇　◇

「真言閣下，這樣就可以了嗎？」

打完電話的藤林長正像是謹慎確認般開口。對象是悄悄坐在鏡頭範圍外的九島家當家，也就是九島光宣的父親——九島真言。

「嗯，這樣就好。長正，抱歉麻煩你了。」

「剛才我也向司波先生說過，即使沒有血緣關係，光宣依然是我的外甥，是同族的成員。我不能置身事外。」

藤林長正說完，九島真言默默點頭。

陰鬱的沉默盤據在照明受限的昏暗室內。

〔追蹤篇〈下〉待續〕

後記

感謝各位本次也捧場閱讀本書。

《魔法科高中的劣等生》第二十八集〈追蹤篇（上）〉。各位覺得如何？看得愉快嗎？

本次的副標題是〈追蹤篇〉，不過這一集只有開頭約五分之一上演追蹤戲碼。後面與其說是「你追我跑」更像是「捉迷藏」。

主角達也這次正式面對自身能力不管用的狀況，因而獲得新能力的線索。老實說，即使已經像這樣出書成形，我還是對這種劇情走向感到猶豫。

不同於所有戰力預先曝光的對弈競賽，戰鬥總是要暗藏幾張王牌，即使是敵軍料想不到的戰力，我認為己軍也應該預先知曉，至少應該是提前預測、計算出來的東西……突然出現自己沒料想到的新兵器，我覺得有點奸詐。

所以達也反覆苦心摸索，到頭來新的能力並沒有在這一集成形，正是反映我這個作者的迷惘。

只不過，他以新發現的技術擊退第一個敵人，算是沿襲了娛樂小說的定例吧。

最近沒戲分的達也朋友們，這次也久違登場。這一集沒能讓他們正式活躍，不過預定會在接下來的〈追蹤篇（下）〉讓他們大顯身手。

說到大顯身手，摩利的男友在最後搶走這集的主角地位了。將輝面對劉麗蕾也展現相當帥氣的模樣，但是比起修次的活躍難免遜色。

修次與呂剛虎的激戰，對我來說是非常好寫的場景。我甚至覺得讓呂剛虎退場很可惜。比起遠距離的互射，近距離的互毆或互砍果然比較易於想像。寫完這個系列之後，拿這個方向的題材或許比較能提升產能……不一定能提升附加價值產能就是了。

〈追蹤篇〉的下集預定在下下個月出版（註：此為日本版出版狀況）。依照目前構思的預定計畫，〈追蹤篇〉之後是〈奪還篇〉，再來是〈未來篇〉，然後接到短篇的〈畢業篇〉。

請各位陪同《魔法科高中的劣等生》系列一起走到最後。

（佐島 勤）

國家圖書館出版品預行編目資料

魔法科高中的劣等生. 28. 追蹤篇 .上 / 佐島勤作；哈泥蛙譯. -- 初版. -- 臺北市：臺灣角川, 2020.07 面；　公分. -- (Kadokawa fantastic novels) 譯自：魔法科高校の劣等生. 28, 追跡編. 上 ISBN 978-957-743-872-0(平裝) 861.57　　　　109006776

Kadokawa
Fantastic
Novels

魔法科高中的劣等生 28
追蹤篇(上)

（原著名：魔法科高校の劣等生28 追跡編<上>）

2020年7月30日 初版第1刷發行
2023年9月22日 初版第3刷發行

作 者：佐島 勤
插 畫：石田可奈
日版設計：BEE-PEE
譯 者：哈泥蛙

發行人：岩崎剛人
總編輯：蔡佩芬
編 輯：黎夢萍
美術設計：黃永漢
印 務：李明修（主任）、張加恩（主任）、張凱棋

發行所：台灣角川股份有限公司
地 址：104台北市中山區松江路223號3樓
電 話：（02）2515-3000
傳 真：（02）2515-0033
網 址：www.kadokawa.com.tw
劃撥帳戶：台灣角川股份有限公司
劃撥帳號：19487412
法律顧問：有澤法律事務所
製 版：巨茂科技印刷有限公司
ISBN：978-957-743-872-0

MAHOKA KOUKOU NO RETTOUSEI Vol.28 TSUISEKIHEN <JO>

Edited by 電撃文庫
First published in Japan in 2019 by KADOKAWA CORPORATION, Tokyo.
Complex Chinese translation rights arranged with KADOKAWA CORPORATION, Tokyo.